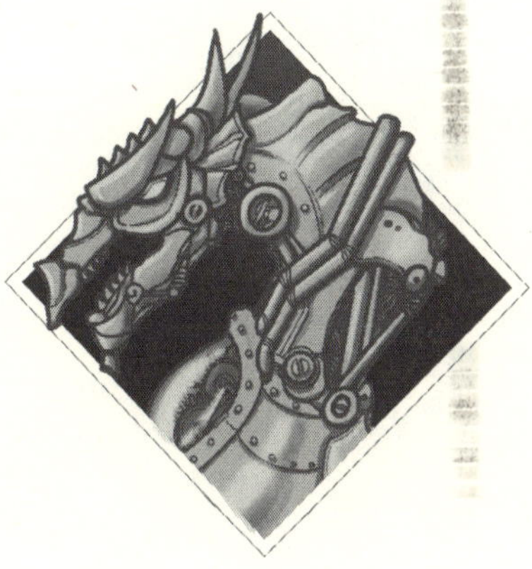

Coleção
Dragão Mecânico

SILÊNCIOS INFINITOS

NIKELEN WITTER

Ilustrações

ERICKSAMA

1ª edição

Editora Draco

São Paulo
2023

Nikelen Witter
é escritora, historiadora e professora universitária. Autora de *Dizem que foi Feitiço: as práticas da cura no Sul do Brasil (1845-1880)*; *Territórios Invisíveis*, *Guanabara Real e a Alcova da Morte* (Prêmios Le Blanc e AGES, 2018); *Viajantes do Abismo* (Prêmio Odisseia, Prêmio Bunkio e finalista do Prêmio Jabuti, 2020); *Dezessete Mortos* (Prêmio Açorianos, 2021) e *Guanabara Real e o Covil do Demônio*. Gosta de escrever em lugares com janelas e gatos por perto..
Redes sociais: @NikelenWitter

Publisher: Erick Santos Cardoso
Edição: Erick Santos Cardoso e Raphael Fernandes
Capa, arte e ilustrações: Ericksama, Nikelen Witter (logo do grupo AlFa e mapa de Próxima B)

Dados Internacionais de Catalogação na Publicação (CIP)
Ana Lúcia Merege 4667/CRB7

W 829

Witter, Nikelen
Silêncios infinitos / Nikelen Witter; desenhos de Ericksama. – São Paulo: Draco, 2023. – (Dragão Mecânico; 6)

ISBN 978-65-5753-038-2

1. Ficção brasileira I. Título II. Série

CDD-869.3

Índices para catálogo sistemático:
1. Ficção : Literatura brasileira 869.3

1ª edição, 2023

Editora Draco
R. César Beccaria, 27 – casa 1
Jd. da Glória – São Paulo – SP
CEP 01547-060
editoradraco@gmail.com
www.editoradraco.com
www.facebook.com/editoradraco
Twitter, TikTok e Instagram: @editoradraco

O silêncio desses espaços infinitos me apavora.

Blaise Pascal (1623-1662)

Matemático, físico, filósofo e teólogo francês

SILÊNCIOS INFINITOS

Próxima B
N

Século XXIII – Violentas tempestades solares aumentam a pressão da humanidade sobre seus governos para encontrar alternativas de sobrevivência fora da Terra. Com Marte e a lua Europa de Júpiter já ocupadas, expandir a civilização para fora do sistema solar é o passo óbvio.

Século XXIV – Um *pool* de empresas latino-americanas e asiáticas –Grupo AlFa – compra da comunidade internacional o direito de dar início à colonização do exoplaneta Próxima B, no sistema vizinho de Alfa Centauri.

2470 – Têm início as missões para a ocupação permanente do exoplaneta. O objetivo é tornar Próxima B capaz de receber humanos em um futuro próximo.

2485 – Uma missão não tripulada parte da Terra, o comando é de uma inteligência artificial altamente sofisticada: IRIS.

2488 – Psicólogos da missão não recomendam o envio de seres humanos em animação suspensa. Motivos: a necessidade de adaptações físicas; resiliência a estar constantemente em um ambiente fechado; afetividade com a Terra.

2491 – Decide-se enviar clones adaptados às condições de Próxima B. Desenvolvendo-se ao longo da viagem, os clones devem ser saturados com memórias e emoções de seus originais que permanecem na Terra.

2520 – 26 clones-embriões (13 mulheres e 13 homens) são embarcados para Próxima B, municiados de dispositivos mnemônicos transplantados dos corpos originais para simular a experiência e o treinamento necessários para o trabalho de colonização. Os clones representam a diversidade genética da Terra e, por simbolismo cultural, seus nomes são escolhidos entre as mitologias e religiões da Terra.

2545 – A nave dos clones-colonos chega a Próxima B.

Capítulo 1

Próxima B

Orbita 31, 10º dia-padrão, hora-padrão 17.

Click. Click.

Um barulho suave, emitido por IRIS12, quebra o silêncio. Minha assistente pessoal cibernética está me avisando que deixei Qebui – o controlador de projetos da colônia – esperando por muito tempo do outro lado do comunicador. Ele havia feito uma pergunta, mas minha mente viajou em algum momento de sua longa digressão e eu já não lembro o que deveria responder. Religo o microfone antes de falar.

– Vou me ocupar disso depois. Estou encerrando por hoje, Qebui – falo e imediatamente desligo, sem esperar ou querer ouvir resposta. O cansaço me atinge como uma carga espinhosa sobre as costas. É uma sensação contínua.

Sinto um movimento suave atrás de mim.

Devo remarcar o trabalho para a hora-padrão 8, Liu?

Mexo o pescoço de um lado para o outro, ao ouvir a pergunta de IRIS12. Às vezes, sinto como se o robô fosse eu. A proposta dela significa retomar amanhã cedo a avaliação de informações relacionadas às medidas topográficas para projetar novos globos de ocupação do espaço do planeta. Ou, em outras palavras, ficar mais algumas horas ouvindo Qebui transformar cada número numa palestra de 40 minutos. Canso só de pensar.

– Não – respondo num tom quase birrento. – Marque para o início da órbita 32.

Substituímos a contagem dos meses por órbitas, já que Próxima B usa pouco mais de 11 dias de 24h (de 60 min terráqueos) para fazer sua translação em torno de Próxima Centauri, nosso novo sol. Isso nos ajuda a manter as outras contagens de tempo no padrão da Terra.

Sem barulho ou movimento, sei que IRIS12 está fazendo os ajustes. Também sei que ela está descontente.

IRIS, nossa IA controladora, foi dividida em várias unidades móveis e numeradas, cujo papel é simular uma presença. Os psicólogos da missão acharam que apenas uma voz não seria suficiente. Um corpo, mesmo que metálico, nos daria menos solidão. Viro o pescoço em direção a IRIS12. É uma unidade flutuante branca, com um visor onde piscam luzes que lembram um par de olhos. Mesmo sem um local que lembre boca, sua presença é amigável quase como um pet eletrônico, exceto quando fala comigo. Nesses momentos, IRIS12 mais parece um tipo de mãe de adolescente. Quem já teve uma, sabe que amigável não é um adjetivo que se aplica.

A líder Araci irá reclamar.

IRIS12 já começou as queixas, pelo que percebo. Giro a cadeira para olhar diretamente para a unidade flutuante, posicionada às minhas costas.

– Como sabe?

A câmera da unidade diminuiu o obturador de luz que simula olhos e que, na sua linguagem, significa encarar. Pelo menos eu sempre tenho essa impressão, da mesma forma que seus cliques me soam como reprovações. Não sou exatamente um modelo de comportamento na colônia. A IA provavelmente resmungaria sobre isso, caso estivesse em sua programação resmungar.

IRIS1 controla a agenda da líder Araci. Acabamos de co nstatar que suas atividades e as dela entrarão em descompasso.

Esfrego o canto do olho esquerdo e volto novamente minha atenção para as telas encerrando. As unidades da IA conversando em nanosegundos são irritantes.

– Nada vivo depende dos prazos de Araci – resmungo. Felizmente, eu posso resmungar. – Então, estou é lhe dando tempo, o que é um presente inestimável. Ela pode se preocupar mais com a liderança da colônia e postergar a agenda dela para a próxima órbita.

IRIS12 retorna meu comentário com uma série de cliques suaves, mas enfáticos, e isso me faz sorrir num deboche.

– O que foi? – pergunto. – Por acaso recebemos algum comunicado da Terra do qual não tenho conhecimento? Não. Então, Araci pode esperar até a órbita 32.

Silêncio. Mais cliques. Nova pausa. Finalmente:

Os outros colonos devem se acostumar às quebras de agenda que você promove.

Uma parte de mim aperta as mãos em punho, numa contrariedade súbita. Porém, para IRIS12, dou de ombros antes de provocar.

– Isso foi uma pergunta ou constatação?

Por mais sofisticada que seja, minhas reações são sempre de leitura complicada para IRIS. Os sonhos (e pesadelos) sobre IAs ilimitadas foram revistos nos últimos séculos. As diretrizes programadas devem ser seguidas, mesmo quando a IA não concorda. Isso devolveu, para o bem e para o mal, o controle aos humanos. O fato é que as IAs são ótimas para comportamentos coletivos e se dão muito bem com pessoas que repetem padrões, mas gente como eu... aí as coisas complicam para elas.

A unidade dá um clique suave e uma pequena pausa antes de perguntar.

Você se importa, Liu?

Sim.

– Não.

Os cliques de IRIS12 me soam mais irritados. Ergo-me da cadeira esticando o corpo em direção ao teto para acordar a musculatura. Sinto as vértebras se separando dolorosamente. Estranho minha altura por alguns instantes. Minha altura, meus pés e mãos grandes, minha pele branca demais. Tudo estranho e familiar. Mudo rápido o foco do meu pensamento.

– Pode entrar no modo de reposição de energia, IRIS12.

A unidade cibernética permanece sem movimento ou alteração por segundos. Sempre lembro que até milésimos de segundo podem ser infinitos para IAs, afinal, elas não possuem hesitações humanas e seu tempo de processamento pode ser bem acelerado.

Vai ao globo-médico.

– Vou – afirmo enquanto ajusto o dispositivo em meu pulso e me dirijo à porta da central de análise de dados, onde trabalho.

Não foi uma pergunta.

IRIS12 ressoa às minhas costas. Fecho a porta pensando em quem foi a criatura *genial* que achou que a colônia ser controlada por uma IA, cujas unidades possuem diferentes traços de personalidade, diminuiria nossa solidão no espaço. Provavelmente alguém afundado em ficções científicas antiquadas, daquelas que imaginam robôs com pernas articuladas. Quem em sã consciência colocaria pernas em máquinas, quando é possível se mover por flutuação magnética?

O caminho até o globo-médico é tão conhecido que minhas pernas seguem para lá quase sem comando. Vou com os olhos fixos na tela à minha frente, projetada pelo dispositivo que lembra um antigo relógio digital em meu pulso. É um artefato 100% terráqueo que nos acompanhou por toda a viagem registrando informações. Aqui ele é comunicador, localizador, mapa, central de entretenimento, treinador físico, avaliador e monitor emocional. Um assistente e um vigia. O nome bonito dessa pequena algema é PAD ou Assistente Digital de Pulso. Como bônus, pudemos configurar alguns firewalls.

Dispenso os chamados de outros colonos e confiro as notícias da Estação. Nada novo. Nada que eu considere importante. Sigo com passos largos pelo corredor C. As amplas janelas de vidro hermético mostram uma planície coberta com rochas avermelhadas e ásperas pela ação do vento.

O mar é 70% desse planeta; o gelo vai muito, mas muito além dos polos; o frio é abissal; os ventos são absurdos; a radiação quase mortal; o vulcanismo fica entre o necessário e o preocupante. A estação está a uma distância segura da maioria dos problemas. Longe dos humores costeiros e das bocas expelidoras de lavas mais ativas, numa planície com serras de barlavento num raio confortável. Não preciso dizer que as janelas mostram com clareza a monotonia de um mundo sem estações ou cores com algum sabor.

A pequena estrela vermelha, chamada de Próxima Centauri, dá um tom de sangue velho à paisagem. Não é muito alegre, mas é real e estável, já que não temos noite nesse lado de Próxima B. O planeta está travado pela maré, então não há rotação, dia ou noite, inverno ou verão. Próximo ao equador, a temperatura fora da nossa Estação está quase sempre em torno dos 12 graus Celsius. Não seria tão desagradável se já fosse possível respirar o ar do planeta ou suportar a radiação. Inspiro profundamente. Certo, certo. Estamos trabalhando nisso, foi para isso que viemos para cá. Para habitar e tornar habitável esse lugar.

Eu deveria ganhar algum tipo de bônus por tentar manter meu foco em Próxima B. Até onde sei, sou a única pessoa dessa Estação que evita conscientemente o corredor D. Lá ficam as "janelas para a Terra". É uma forma poética e torpe de chamar os telões que passam imagens animadas do planeta natal. Considero o corredor C menos depressivo, e mantém minha mente no agora e não no que poderia ser.

Eu venho tentando praticar a atenção plena como forma de diminuir a carga de medicamentos de *bem-estar*, o nome aceitável dos antidepressivos. Maya diz que tem conseguido isso praticando o Zen, mas suspeito que ela está inflacionando as próprias experiências. Afinal, uma pessoa que dá pulinhos de alegria com cada microrganismo que se reproduz em suas placas de petri não é realmente confiável para dicas de felicidade.

Como a jornada de trabalho ainda não terminou para os outros, desloco-me rápido. Não preciso interromper minha caminhada por nada, nem por ninguém, o que sempre é uma benção. Alguns dos colonos já parecem estranhar meu comportamento. Sentem que algo não está certo, fazem perguntas. Não quero responder nada. Os que não notam minhas evasivas, querem falar do trabalho. O fato é que todas as pessoas desta estação estão absolutamente repletas de medicamentos – para depressão, para o foco, para a produtividade, para dormir, para acordar. Seus pensamentos quimicamente costurados para tratar nanochipes e adubo como um assunto vital. Se bem que não posso culpá-los. Aqui tudo é vital. E nossos planos mal conseguem ir além do que podemos fazer com nanochipes e adubo.

Vimana, nossa espaçonave, pousou há quase um ano aqui, Fomos despertados assim que a nave pousou e se estabilizou. Depois, trabalhamos junto com IRIS para desmontar as estruturas metálicas de *Vimana* e remontá-las no formato de uma estrela de corredores – A, B, C, D, E – finalizados com globos de tecido antirradiação inflado no centro e nas cinco pontas.

IRIS0 regulou quase todos os aspectos de nossa sobrevivência até conseguirmos ir dispensando-a ou modificando suas funções. Contudo, é ela que gerencia todo o complexo garantindo temperatura constante e inibidores de cheiros em atividade todo o tempo. Estamos perfeitamente confortáveis. Não sentimos vento, frio, calor ou qualquer sensação que nos dê a impressão de que somos humanos e não ratos de um laboratório sintético e anósmico.

Cada globo tem sua função. No centro ficam as salas destinadas ao comando da estação, o refeitório, espaço para exercícios e a área de convivência. Distribuídos nas cinco pontas, cada um em uma, estão os laboratórios biológicos; os laboratórios mecânicos; os laboratórios de prospecção planetária; as centrais de dados, arquivos e planejamento – onde fica minha sala de trabalho – e, no último, o globo-médico.

Nossos alojamentos estão dispersos pelos globos, com a intensão clara de nos fazer caminhar para ficarmos em contato uns com os outros e ter movimento constante. Os únicos com alojamento ao lado do trabalho são os médicos. Dos dois, é Hebe quem circula mais. Seu trabalho é a ingrata tarefa de nos manter saudáveis e ouvir queixas que jamais poderão ser resolvidas. Teo sai pouco do globo-médico. Quando é visto, não está prescrevendo remédios, mas tentando fazer uma receita de cerveja ou vinho em meio a gargalhadas com Centeo, o nutricionista da colônia. Fujo o que posso dessa dupla e seu excesso de simpatia. Eles são sempre o centro das atenções na área de convivência.

Meu coração acelerado toma lugar do sarcasmo e do mau humor nos metros finais antes da entrada do globo-médico. Paro em frente à porta de acesso e minha impressão digital aciona a voz sintética que me pergunta o que venho fazer. Respondo com um número que indica que estou verificando os sistemas de coleta de dados. É o que faço todos os dias. A porta abre.

O lugar tem um cheiro onipresente de desinfetante.

Visualizo as costas largas de Teo pelo vidro que separa o laboratório, a única parte de pele visível em suas roupas assépticas em cor azul deixa à mostra seu pescoço longo e escuro.

Sigo para a internação. Insiro novamente minha digital. Não há nenhum robô ativo ali, na verdade. A máquina de suporte de vida não conta como unidade cibernética, mas mecânica, está diretamente ligada à IRIS. No tubo de vidro, está o único corpo internado no lugar. Vou diretamente até lá e fico contemplando a pessoa ali dentro. Fico administrando a estranheza e todas as possibilidades impraticáveis com a ciência falha que temos.

A jovem deitada ali, com seu rosto sem expressão, remete pouco às minhas memórias. Tem instantes em que sequer a reconheço. Ouço o barulho da porta atrás de mim.

– Olá, Liu. Chegou cedo.

Teo me cumprimenta entrando na sala. Olho rapidamente para ele. Sempre prefiro não encarar Teo diretamente. É potencialmente perigoso registrar seu rosto moreno e o sorriso que ele emoldura.

– Terminei antes – é uma resposta cortês e desnecessária.

Ele aponta seu PAD para a placa acima do tubo transparente. Um sinal luminoso e uma tela são projetadas a sua frente com os números de monitoramento do corpo. São os mesmos números há quase um ano. Teo mal os olha, está cumprindo um ritual. Apaga a tela e se volta para mim.

– Onde foi mesmo que você e Dira – ele faz um gesto vago em direção ao corpo feminino dentro da câmara de suporte de vida – se conheceram?

Teo sabe todas as minhas respostas, ele só quer puxar conversa. O dia deve ter sido especialmente monótono em seu laboratório.

– Em um dos encontros do projeto *Civilização Próxima B* – mantenho meus olhos no rosto da mulher, aprumo os ombros e me preparo para mentir o quanto for necessário.

– Isso foi onde mesmo? – ele finge ter esquecido de que já me perguntou isso antes.

– Brasil.

– Ah. Um lugar muito bom, não é? Eu morei no Rio de Janeiro e me lembro de algumas cidades do litoral do nordeste, por onde viajei. Você estava morando lá na época?

Respondo automaticamente.

– Sim, estava em Brasília, no centro-oeste, por quase 10 anos. Mas o encontro foi em Salvador.

Morar em várias cidades do planeta Terra fez parte do nosso treinamento.

– Humm, eu me lembro bem de Salvador. – Ele prossegue num tom simpático e um pouco forçado. – Mas não me lembro de vocês no encontro do projeto AlFa em que fui lá. Acho que estivemos em períodos diferentes.

– Com certeza – meu tom de voz imita o dele.

Teo faz uma pausa. Nós dois usamos termos diferentes para nos referirmos à vida na Terra. Teo usa a primeira pessoa. Como se ele alguma vez tivesse realmente vivido lá. Eu nunca vivi na Terra. Sou um clone onde foram inseridas memórias. E provavelmente um clone muito chato por jamais deixar que os outros clones esqueçam disso: as pessoas originais continuam na Terra, somos meras réplicas, sem pais ou mães, sem uma história real. Somos um tipo de simulação com carne. Portanto, minhas respostas são somente o que Teo quer ouvir. Não têm relação com a forma como eu penso.

A pausa de Teo é longa o suficiente para que eu erga minha cabeça e confira se ele ainda está ali. Está. Seus olhos me analisam.

– Vou repetir uma pergunta: algum dia irá me contar qual a relação entre você e nossa bela adormecida Dira?

Minha resposta é sempre: não importa. Fujo do olhar dele e volto a me fixar no corpo de mulher deitado dentro do tubo.

– Se houvesse algo que você pudesse fazer a respeito, Teo, eu lhe contaria. Mas não há.

– Tem certeza de que não há nada que possa ser feito?

Qual seria a minha resposta a essa questão? Solto um riso interno. Eu acho que gostaria de quebrar aquela câmara. Talvez até gritasse, enquanto fosse arrebentando o resto do laboratório. Teo tentaria me segurar e eu bateria nele. Viriam outros colonos e eles também tentariam me parar, mas não conseguiriam. Por fim, me apagariam com um choque. E, em resumo, não alteraria em nada a minha situação.

Tudo o que faço é balançar a cabeça afirmativamente para o médico.

– Não gosto de mistérios, sabe? Por isso sempre fui muito bom em resolvê-los.

Forço um sorriso mínimo. Quero que ele pense que não é nada demais.

– Não vale a pena, Teo. Seu esforço não vai lhe render coisa alguma – olho o corpo deitado uma última vez. – Pode acreditar em mim, realmente não vale a pena.

Estendo a mão para apertar a de Teo e me despedir, no entanto, antes que ele corresponda, a voz de IRIS soa dentro da sala de internação.

Todos os colonos, compareçam ao globo-central imediatamente! Isso não é um treinamento! Repetindo: todos os colonos compareçam ao globo-central imediatamente! Não é um treinamento!

Trocamos um olhar breve antes de nos dirigirmos à saída da sala de internação. Teo fica um pouco para trás cumprindo os protocolos de segurança, mas me alcança antes que eu ande três passos no corredor que leva ao globo-central.

Logo encontramos outros colonos. Todos têm a mesma expressão de interrogação. Ouço alguém dizer às minhas costas:

– Será que houve algum problema com a troca de comando?

– Isso será amanhã – a fala rápida é de Sirona, preenchendo qualquer silêncio que ousasse se estabelecer. Nunca entendi como alguém com sua personalidade barulhenta escolheu trabalhar enfurnado no laboratório de química.

Algumas IRIS estão no caminho para o globo-central. Todas usam suas vozes femininas para pedir que mantenhamos a calma e sigamos conforme os treinamentos. Quando perguntamos o que aconteceu, elas apenas repetem a mensagem.

Teo segue ao meu lado. O cenho franzido. Noto que ele trouxe sua maleta de pronto-atendimento. Está no protocolo, claro. Confesso que o inusitado havia varrido o protocolo da minha cabeça. Eu deveria trazer alguma coisa? Só se o problema fosse com lotes de dados, mas IRIS teria me avisado. Não, não é nada com a IA, penso. Afinal, por que chamariam a todos os colonos se fosse alguma coisa com a IA? Isso só aumentaria potencialmente o perigo, certo? Podia ser a chegada de alguma mensagem da Terra. Não, isso também teria de passar por mim antes de chegar ao grande grupo.

Tremo. Poderia ser sobre mim? Não, descarto rapidamente. Não chamariam a todos por isso, não é? Minha mente pulsa, tensa.

Entramos na área ampla, destinada a convivência e reuniões no globo-central, com uma rapidez um pouco maior que a dos treinamentos. Reconheço sobre a plataforma usada para comunicados o vice-líder da colônia, Baiame, e ao seu lado, com os lábios presos de tensão, Hebe. Os dois parecem abalados o suficiente para que as perguntas cessem e aguardemos o que nos dirão.

– É meu dever informar – principia Baiame – que perdemos nossa líder, Araci.

Alguns segundos depois ainda estamos olhando para ele, sem entender. Como assim, perdemos? Aparece um burburinho. Ninguém consegue identificar o sentido real da palavra. Perder? Morte, será? Não faz sentido. Todos os nossos corpos possuem 25 anos, estão no auge. O quê...? As pessoas se perguntam e olham umas às outras em confusão. Algumas palavras soam mais altas, há laivos de medo no timbre dessas.

– O que você quer dizer? – questiona Feng erguendo a voz acima do burburinho. A nossa meteorologista usa o mesmo tom cavernoso com o qual usualmente nos informa sobre as alterações climáticas do planeta. Sua frase seguinte já vem margeando as lágrimas. – Ela morreu?

– Não pode – nega Gavriel. Ele parece estranhamente calmo. Como se tudo não passasse de um tipo de brincadeira. Lembro que ele e Araci andavam ficando muito próximos, num quase princípio de romance. Ele ergue a voz, num tom de quem explica. – Estamos biologicamente preparados para sobreviver até no mínimo 150 anos.

Nossas vozes se elevam numa onda de perguntas. Eu também estou exigindo respostas. Baiame e Hebe pedem calma, mas é apenas quando ela vem à frente que todos se aquietam. As palavras da médica seriam definitivas. Imediatamente, dou-me conta. Suicídio. É claro. Araci não aguentou. Um de nós racharia em algum momento. Depressão, distância, a insolúvel nostalgia de uma vida que não é nossa, a falta de não se sabe o quê.

Estamos a 4,35 anos luz da Terra. Não há volta. É lá que está o nosso passado, distante demais para ajudar. Tudo o que temos em Próxima B é o futuro. E não é um futuro glorioso, embora também não seja sombrio. É apenas um futuro feito de incertezas, tentativas e erros. Várias tentativas e muitos e muitos erros.

Minha reflexão se perde quando o mar de vozes se ergue novamente. Hebe tinha acabado de falar e eu não a ouvi. Olho para os lados, estão todos em polvorosa. Teo tem os olhos imensamente arregalados e nega silenciosamente com a cabeça. Tento pescar o que perdi e a palavra assassinato circula a minha volta.

Capítulo 2

Era para ser a Utopia.

Não apenas um projeto a mais de colonização extraterrestre. Ou a histórica primeira tentativa de ir além do sistema solar. Mas, *A Utopia*! Uma humanidade renovada. Treze mulheres, treze homens. DNAs mestiços de todos os povos do planeta. Culturas mestiças. Democracia absoluta. Liderança circular. Nenhuma herança de um passado pesado, nenhum trauma de infância. Só futuro.

Bem, vou dizer uma coisa sobre *Utopia*: é um livro muito antigo. E ruim. É misógino, elitista e absurdamente colonialista. Você somente se dará bem em Utopia se cumprir obedientemente regras que não fez e se estiver muito bem enquadrado na casta em que nasceu. Não há fuga de Utopia. Se tentar fugir, irão atrás de você, mostrarão o quanto você é maluco em desafiar as regras, e o enquadrarão novamente na "utopia".

Pensando assim, a colônia de Próxima B é a utopia. Com algumas alterações certamente, mas residindo em três pilares básicos: obediência a regras que você não fez (e as quais, por impossibilidade biológica ou ecológica, não pode quebrar); cumprimento daquilo que lhe foi designado; e sem fuga possível. Ou, no nosso caso específico, sem retorno possível.

Resta morrer, obviamente. Talvez por isso, em algum lugar lá no fundo eu imaginasse que haveria um momento em que viriam os suicídios. Mas com certeza eu nunca teria pensado em assassinato. Ainda assim, qualquer um dos dois, em tese, poderia ou deveria ter sido impedido por IRIS, nossa IA controladora, cheia de protocolos de segurança e cuidado para com os preciosos colonos da missão.

Agora, Araci, a líder de nosso primeiro ciclo na colônia, está morta. Assassinada. Trinta e duas rotações em torno da pequena estrela vermelha. Um ano terrestre. Esse foi esse o tempo que durou a Utopia.

◆

As três são as pessoas que ocupam o comando nesse momento. Baiame, ~~vice~~-líder da colônia. As lideranças dos primeiros 4 anos foram escolhidas por um sorteio feito por IRIS, tão logo acordamos em Próxima B. Haveria um líder – com mandato de um ano – e um vice – cargo ocupado por quem viria a ser o líder do ano seguinte. Depois, haveria dois cargos que seriam mantidos por conta de habilidades técnicas. Xipe, o responsável por toda a logística da colônia, e Naga, a engenheira de segurança das pessoas, dos equipamentos e da estação como um todo.

São esses três que organizam nossas próximas ações, após quase uma hora acalmando e ouvindo e acolhendo. Aqueles que eram próximos de Araci estão em óbvio sofrimento. Gavriel é quem parece pior. Nossos três comandantes determinam que devemos ficar em nossos aposentos enquanto são recuperadas as imagens de todas as câmeras de segurança. É um procedimento ineficaz de qualquer forma. Se foi um assassinato mesmo, não há quem não seja suspeito em toda a Estação. Separar entre investigadores e investigados vale o mesmo que nada. Eu falo isso em voz alta.

– Liu tem razão – Teo me apoia.

Outras vozes se somam a dele e Baiame levanta as mãos grandes e fortes pedindo calma. Apesar da musculatura intimidante, Baiame é um contemporizador por excelência. Sua testa alta tem rugas de preocupação e tristeza e a pele escura parece acinzentada na luz branca do globo central. Os cabelos crespos, que normalmente lhe caem sobre os ombros, estão presos em um rabo de cavalo baixo e, pela primeira vez, parecem-me estranhamente sem vida. O homem se assemelha a uma lâmpada apagada. Ainda assim, todo ele exala as qualidades necessárias de um líder, o que faz com que o restante de nós silencie para ouvi-lo.

Meu problema pessoal com Baiame é que sempre parece que ele acredita que qualquer reação é uma reação demasiada e que precisa ser acalmada. Talvez por isso ele pareça apreciar mais as plantas de folhas pretas que tenta cultivar na estufa do que a companhia das outras pessoas. Sabe como são as pessoas: elas teimam em reagir. Do meu ponto de vista, não acho que haja uma reação demasiada para um assassinato. Pelo menos uma parte de mim quer colocar todo mundo contra a parede e fazer perguntas infinitas; enquanto outra parte repassa analiticamente a ficha de cada colono na minha mente.

– Estamos cientes disso, Liu – o tom professoral de Baiame me irrita. – A investigação será coordenada por IRIS e por Naga, que é a responsável pela nossa segurança. – Baiame reforça no tom de voz qual o papel de Naga. Não que eu não saiba, ele só quer dizer que esse não é o *meu* papel. Ele prossegue. – Em breve, os resultados serão apresentados para toda a colônia.

O grupo parece achar de bom tamanho a explicação. Cruzo os braços.

– Vamos confiar em algoritmos e programas de computador para desvendar um crime? – A frase é esquisita saindo da boca de alguém que compõe o grupo mais tecnológico da colônia. Os rostos à minha volta me dizem isso. Sem se dar conta de que, talvez, minha desconfiança se dê justamente por isso.

É Xipe quem cruza os braços agora, sem disfarçar o aborrecimento. É outro que evoca sua ancestralidade usando cabelos longos. Porém, ele não os prendeu hoje e isso o faz parecer ameaçador, mesmo sem ter a mesma musculatura avantajada de Baiame. Ele me lança um olhar incomodado enquanto me questiona controladamente.

– Alguma outra sugestão, Liu? Você é responsável pela análise de todos os dados que vão para IRIS. O que acha que devemos fazer?

Ergo o queixo sinalizando com bastante arrogância que não há como sua postura me intimidar. Na sequência, abro a boca para dizer que qualquer um naquela colônia teria condições de alterar dados de programação ou mesmo os vídeos de segurança. Contudo, antes que eu faça isso, a mão de Teo se escora pesadamente sobre o meu ombro e eu me calo quase que por instinto. A voz que se ergue acima dos murmúrios gerais, no entanto, é a de Naga e tem o tom definitivo.

– Estamos todos nervosos e acho que precisamos de tempo e de calma.

Xipe parece que vai rosnar, mas recua um passo. Sua pele cor de cobre ganha tons terracota, enquanto Naga dá palmadinhas em seu antebraço e assume a frente do trio. Ela parece uma boneca delicada entre os dois homens. Tem braços finos, pernas finas, tronco fino, uma pele morena que também parece fina, rasgável. Tudo na engenheira de segurança engana, porque ela é qualquer coisa, menos frágil. Ela encara a mim e ao resto da audiência com autoridade.

– Acabamos de perder uma de nós de uma forma inimaginável. O melhor que fazemos agora é aguardar a investigação de IRIS. Entendo que todos aqui, em maior ou menor medida, sintam isso como pressão. Mas até agora temos confiado à IRIS boa parte de nossa sobrevivência e nada nos fez questioná-la. É melhor que sigamos assim por enquanto.

Todas as pessoas parecem concordar. Na verdade, é parte do nosso condicionamento seguir o bom-senso quando ele aparece. O grupo se desfaz indo para os diferentes módulos em que ficam nossos aposentos individuais.

No início, ficávamos em dormitórios coletivos por causa do pouco espaço. Felizmente, conseguimos ir ampliando a Estação-colônia e construir esses pequenos cubículos, onde nos escondemos uns dos outros e podemos ficar a sós ou em companhias selecionadas.

Será que a humanidade renovada precisaria dessa forma de

privacidade? Ou o coletivo deveria ser a solução de tudo? Não faço ideia. Imagino que 800 anos de individualismo cobrem de nossos genes que valorizemos espaços em que se possa ficar sem máscaras.

Veja: uma estrutura militarizada para a organização colônia foi rejeitada desde a Terra. Se tivéssemos seguido esse caminho, manteríamos os alojamentos coletivos e teríamos de ter regras mais duras e supressivas. Ainda assim, numa estrutura de base militar, ao menos se tem escapes em alguns dias de folga ou alguém a quem se oprimir para soltar as frustrações. Justamente por conta disso, os idealizadores da colônia excluíram essas ideias, e nós continuamos acreditando que ela é ruim. Por isso, logo nos primeiros meses após acordarmos, percebemos que em algum momento de nossas jornadas precisávamos que as regras pudessem ser abolidas. Em outras palavras: precisávamos de espaços individuais de descanso.

É nisso tudo que penso quando fecho minha porta. Araci morreu em seu aposento particular. Isso significa que não haverá imagens. Decidimos, em nossas primeiras reuniões, que tais espaços pessoais deveriam ser livres de câmeras, mesmo que essa fosse uma diretriz do programa de colonização. Também optamos por não usar *neurowebs* – que nos permitiriam uma comunicação mente a mente – e nos comunicarmos com dispositivos antiquados e mais detectáveis. Pensávamos em simplicidade, mais do que em segurança. Afinal, estávamos na utopia, certo? Tínhamos de confiar em nossa própria instituição.

Sento-me na cama. Além da análise de dados, prever defeitos na programação da IA é o que tenho feito no último ano. Tento analisar o caso da mesma forma. Afinal, nossa genética modificada e adaptada foi tratada como uma série de *bits* por nossos criadores. Fomos quase tão programados quantos as IAs. Logo, não somos muito diferentes delas, exceto pelas desvantagens de termos carne e emoções.

Então, se o assassinato ocorreu num rompante, teremos a resposta em menos de uma hora. Se foi premeditado, nunca saberemos quem foi. Todas as pessoas aqui têm condições intelectuais e tempo para planejar o que quer que seja e, igualmente, para apagar seus rastros. Somos poucos e fomos criados e treinados para sermos os melhores no que fazemos, mas também para conhecer com alguma folga todos os ofícios necessários à existência dessa Estação-colônia.

Os minutos passam. Pensar se Araci atraiu ou não o infortúnio é uma rematada bobagem. Nossas personalidades são perfeitamente adequadas. Entrar em elementos como "ela era boa, bla-blá-blá" não responderá coisa alguma.

A única criatura com estranhezas aqui, até onde sei, sou eu.

Uma hora depois, o meu PAD vibra. Movimento o pulso e a imagem holográfica de Baiame se projeta à minha frente. Suas feições parecem ainda mais cansadas e tristes. A luz branca e fria acentua o tom pálido acinzentado que sua pele já exibia no globo-central.

Conforme explicou Hebe, há um corte profundo na garganta de Araci. Não foi encontrado o objeto que o causou. IRIS não identificou nenhum contato que ela possa ter feito após o almoço, quando se retirou para seu aposento e não foi mais vista. O corpo será mantido sob refrigeração para análise e depois será decomposto para o solo do – ele hesita, votamos por usar o pronome possessivo "nosso", mas Baiame não consegue – *planeta. Estão todos liberados para seguir com as atividades normais tanto quanto puderem. Jacy, cumprindo suas funções de psicóloga, está à disposição dos que precisarem conversar e está fazendo uma triagem entre aqueles que têm maior treinamento em suporte emocional para ajudar. Caso seja necessária alguma atividade específica na investigação, os responsáveis serão acion...*

Desligo. As informações seguem o protocolo previsto, não sinto surpresa. Estou com medo. Acho que todos devem estar. É como se estivéssemos dirigindo na despreocupação de uma pista de alta velocidade e, num átimo, o chão sumisse, uma luz invasiva apagasse a visão da estrada e um obstáculo impensado nos fizesse derrapar. Tudo ao mesmo tempo.

Fecho os olhos e não há o que não me incomode. O cheiro asséptico da estação, a temperatura constante, os sons regulados.

Levanto-me. Um comando simples no PAD e o tecido inteligente da minha roupa se modifica para ficar mais frouxo no corpo, mais maleável e arejado. O PAD faz perguntas de rotina para programar uma sessão de exercícios. Respondo com toques rápidos na tela que é projetada à minha frente. Saio do meu cubículo e vou em direção às máquinas de exercício do globo-convivência.

Chego na sala onde, com algum custo, construímos esteiras para caminhadas e abrimos espaço para jogos que nos obrigam a movimentar o corpo. Afinal, nós ratinhos de laboratório temos de ser ativos, não é? Como quase todas as atividades aqui exigem interação, subo na primeira esteira que vejo vazia. A minha frente, um vidro para o exterior mostra a paisagem acre do planeta. Ao seu lado, intercaladas, estão as malditas janelas para a Terra, onde se exibem imagens de paisagens verdes que nunca teremos nesse mundo. Há outras pessoas na sala, mas pela primeira vez todos parecem estranhos aos cumprimentos, mal se olham.

Já estou suando quando a esteira ao meu lado começa a se

movimentar. Não faço menção de olhar para saber quem é. Porém, a voz de Teo me atropela.

– Não tem medo de que descubram?

Tropeço e recupero o mais rápido que consigo o equilíbrio. Sinto uma súbita tontura.

– Descubram o quê?

Meu tom soa tosco, meio esganiçado.

– Bem – Teo fala lentamente – que Araci estava pensando em desligar o suporte de vida de Dira, como comentei com você há dois dias.

Respiro fundo tentando demonstrar um tédio que estou longe de sentir. Inclino a cabeça para o lado. Sei que os olhos de Teo acompanham cada movimento.

– E – retorno pausadamente – como eu lhe disse na ocasião, não creio que ela conseguiria passar no Conselho Geral a ideia de eliminarmos uma matriz saudável.

– Com os úteros artificiais que temos à disposição? Por que não?

– Porque ainda não os testamos aqui. Você conhece o bê-á-bá melhor do que eu, Teo. Não iremos gerar seres humanos antes de sabermos como outros organismos animais se comportam e ainda temos muito que avançar na ampliação e estabilização da nossa atmosfera. Desperdiçar um arquivo genético vivo é uma decisão absurda.

Olho para ele com a intenção de parecer firme em meus argumentos. Teo sorri. Por que tudo piora quando ele sorri?

– "Nossa atmosfera". Gostei. É uma expressão bem comprometida.

O deboche me irrita. Eu desligo minha esteira e parto para o confronto. Não vou deixá-lo usar os últimos acontecimentos para me acuar.

– Acha que eu mataria Araci pra que ela não desligasse o suporte de vida de Dira? É isso?

Teo desliga sua esteira também, mas não desce dela como eu fiz. Continua sorrindo, os olhos cor de chocolate evitam os meus por um instante, para logo depois me encararem afiados – ele está jogando, eu percebo.

– Eu não sei. Mataria? Talvez eu não tivesse essa dúvida se você me contasse sobre a natureza da sua relação com Dira. Na Terra, é claro.

– Por que isso importa tanto, Teo? Na Terra, não éramos nós. Não era eu, nem a mulher deitada no globo médico é a que ainda está na Terra. Somos clones, você se lembra? Os originais ficaram lá seguindo com suas vidas. Nós somos outra coisa! Qual é a droga do seu interesse se os corpos originais dos quais fomos copiados se conheciam ou não?

Estamos falando baixo, mas os colonos presentes já notaram a tensão entre nós. Percebo o silêncio se alastrar pela sala. Minha intenção é sair correndo dali, mas Teo não se incomoda com a plateia. Em quase tudo, ele gosta de audiência.

– Curiosidade profissional – ele dá de ombros, mas não parece em nada desinteressado. – Se é como diz e as memórias implantadas dos originais não valem nada, por que você continua visitando aquele corpo vazio? Quero saber por que faz tanta questão que a mantenhamos viva. Você a ama? A quer? Vocês têm uma história inacabada? Gostaria de saber pra quem e pra que a estou mantendo viva.

Tenho a mesma altura de Teo, talvez seja quase mais alto e eu quero muito, muito socá-lo. Uma parte de mim me segura, outra quer arrancar aquele sorriso e os dentes dele. Fecho os punhos e dou um passo à frente com uma violência que o faz recuar.

– Não a está mantendo viva pra ninguém! Dira pode ser uma casca vazia agora, mas seus genes importam. Ela importa! O que tenho ou tive com ela não é da sua conta! – Olho para os outros colonos que nos assistem num misto de escândalo e incompreensão. – Vale o mesmo pra todos vocês!

Viro as costas e me dirijo o mais rápido que posso para fora da sala. Teo não se dá por vencido.

– Qual a diferença entre Dira e Araci agora, Liu?

Não respondo. Saio pela porta e caminho furiosamente até meu cubículo. Se Teo não saísse por aí plantando desconfianças em frente aos outros, eu teria pelo menos algumas horas para trabalhar o controle das minhas reações.

Depois de um ano, eu ainda não sei como a colônia reagiria ao problema que resultou no corpo oco de Dira e em mim.

Acendo a luz que gera um espelho em uma das paredes. Minha pele está úmida de suor. Praticamente arranco a parte de cima da minha roupa de tecido inteligente. Tudo em mim é familiar e estranho ao mesmo tempo. Meu peito sem pelos, mas também sem seios. Minha pele clara e meus olhos de raposa. Miro o meio das minhas pernas e, mesmo sob a calça, sei que elas emolduram um sexo proeminente. É meu, porém sua presença às vezes me dá sentimentos ambíguos. Eu não acharia nada disso estranho se a consciência de Dira não estivesse aqui também. Só que ela está, e tão mesclada à consciência original de Liu que não sei onde termina um e começa o outro. Somos um grande erro de programação, não é mesmo? Um corpo sem nenhuma consciência, deitado como morto numa câmara de sobrevivência; e outro, com duas mentes entrelaçadas, hibridizadas, gritando para existir num mundo que não o planejou e que, provavelmente, não o acha útil.

Capítulo 3

Algumas antigas religiões da Terra costumavam a acreditar que o mundo havia sido formado a partir do corpo despedaçado de uma deidade. A dragão Tiamat, vencida por Marduk na Mesopotâmia. Ymir, o gigante de gelo, de cujo crânio foi feita a abóbada celeste por Odin e seus irmãos. O Caos primordial que se partiu em pedaços para se fazer Mundo. A Terra – Gaia, Gea, Qui, Nintu, Kali, Temut – que em todos os seus nomes se desfez em territórios e paisagens, quebrou e foi separada do Céu para existir.

Talvez um dia, Próxima B possa reivindicar o mesmo tipo de narrativa. E, claro, terá sua parcela de verdade.

Nós, os colonizadores, somos clones de terráqueos especialmente forjados para essa grande "aventura". Viemos para cá em uma imensa nave espacial, que os futuros *proximianos* poderão descrever como uma montanha voadora talvez. Imagino que histórias criarão para explicar o exoesqueleto de liga de metal superleve e seu preenchimento orgânico, inspirado em águas-vivas e prenhe de clones-embriões. Aliás, essa placenta interestelar foi decomposta no solo do planeta, sendo assim, já temos nossa entidade feminina primeva, despedaçada em nome da criação da vida.

Ou, quem sabe, não inventem história alguma, porque estarão cheios de registros. Contudo, registros se perdem. E, às vezes, nem precisa se passar tanto tempo para que só restem traços fugidios e as invenções mirabolantes de uma mente que não suporta não saber.

Não há qualquer registro sobre como eu vim a existir. Não sei de quem foi o erro. Ou porque esse erro foi cometido. Ou mesmo se foi um erro. Terá sido um acaso infeliz? Talvez um ato intencional? De quem? Por quê?

Todos os dias, seja no trabalho, quando acordo ou antes de dormir, eu reviso cada momento. Cada etapa. Cada detalhe. Em algum lugar, tem que estar o nó. Só que ainda não o encontrei.

Os planejadores da missão tinham em mente um projeto verdadeiramente multicultural. Por isso, em cada detalhe aparecem nomes que dizem sobre a Terra bem mais do que as designações ocidentalizadas que dominaram as colonizações anteriores. A nave-transporte foi chamada *Vimana*. Nosso útero artificial, mãe gelatinosa, nutriz e condutora de eletricidade a ativar nossos músculos, foi chamada *Nu Gua*. No comando de ambos uma inteligência artificial chamada AGNI.

AGNI dirigiu *Vimana* e controlou os nutrientes e os choques de

Nu Gua em nossos corpos. Essa IA tinha duas grandes missões. A primeira era a de levar *Vimana* até IRIS, que é a IA que de fato domina toda a missão de colonização. IRIS veio 100 anos antes para nos esperar, semeando Próxima B com esporos e um fitozoológico microscópico completo.

A segunda missão de AGNI era manter o acesso dos dispositivos mnemônicos que estavam em cada um dos clones-embriões e cujo conteúdo deveria ser liberado lentamente, como se fossem memórias e experiências verdadeiras. Como se a viagem estivesse sendo feita por pessoas reais, em algum tipo de animação suspensa.

Só que, na verdade, as pessoas *reais* que viveram tudo o que lembramos continuam na Terra. Em outras palavras: 26 seres humanos foram especialmente criados – em termos de genética, ancestralidades e experiências – para fazerem uma viagem que nunca fariam. Essas pessoas viveram e estudaram até seus 25 anos unicamente para que suas memórias – gravadas desde sua vida uterina – fossem copiadas e implantadas em seus clones. E estes é que foram mandados para o espaço, para a grande aventura, para colonizar e viver num outro mundo.

Sem qualquer esperança de retorno.

A dificuldade de lidar com essa ideia de não retorno é que fez com que o projeto da missão escolhesse enviar clones. Os entes queridos não foram separados, nenhuma vida foi cortada ao meio, não deixamos ninguém na Terra que sinta saudades de nós. E todos os sentimentos de apego dos originais foram genética, hormonal e quimicamente amenizados. Os rostos de pais, amigos, amores, aparecem embaçados nas memórias, assim como os sentimentos e as emoções conectados a esses rostos. Ou seja, somos uma fotocópia genética, o simulacro de uma identidade que, de fato, não pertence ao corpo que temos.

Sendo assim, não deveríamos sentir falta de nada, nem de ninguém, ou de coisa alguma. Deveríamos olhar nosso sol vermelho e vê-lo como um desafio criativo. Entender esse dia eterno de um planeta sem rotação como a infinidade de possibilidades dessa nova existência. Somos deuses astronautas! Criadores! Somos a própria essência da inovação, do empreendedorismo, da criatividade e reinvenção humanas. Poderíamos até estampar com altivez qualquer daquelas propagandas motivacionais imbecis do século XXI.

Lindo, não é? Só que não e talvez eu nem consiga expressar o quanto odeio cada uma dessas imagens. E por quê? Porque somos meras cópias de gente real. A multiplicidade genética, apenas vagamente se converte em multiplicidade cultural, pois os originais foram criados de acordo com as diretrizes do programa espacial do Grupo

AlFa, gerenciado para o equilíbrio e a equalização nos mínimos detalhes. Eles não foram mais do que ratos num laboratório. Como nós também não passamos de ratos num laboratório espacial. Peças orgânicas de uma engrenagem que nos exige adequação a utilidade para a qual fomos criados. Se não cumprimos essa utilidade, não somos nada. Somos a cópia do nada.

Eu consigo ser duas peças ao mesmo tempo. Ou até três. E nenhuma delas se encaixa nesse lugar.

Desde que abri os olhos em Próxima B, tento entender o que aconteceu e por que aconteceu. AGNI se diluiu em IRIS e não há nada, absolutamente nenhum registro na programação que dê conta do erro que resultou em mim e naquele corpo de mulher, esvaziado de personalidade e memórias, apagado no globo-médico. Herdei do Liu original o conhecimento dos meandros da programação da IA, já que ele fez várias especializações em análise de *big datas* e do uso destes para planejamento das ações de construção da vida no novo planeta. Ou seja, Liu deveria constituir o grupo 1 da organização da colônia. Então, eu estar no escuro sobre a minha própria existência é ainda mais desesperador.

Dira era do grupo 2. Uma bióloga cuja missão era trazer à vida os embriões de animais e plantas que foram transportados em forma inativada dentro de *Vimana*. Liu e Dira eram peças importantes da engrenagem, mas não fundamentais. Afinal, Dira foi suprimida sem grandes prejuízos para a colônia. O corpo de Liu cumpre o designado, mas não é o grande chefe administrador que poderia ser. Principalmente porque eu não quero chamar atenção para mim, tenho medo de que alguma ação denuncie minha condição híbrida. Não sou Liu ou Dira, estou entre ambos e não sei como lidar com isso e nem como os outros lidariam se soubessem. Por quê? Porque não estava no projeto. E porque é o projeto que manda e organiza tudo. E se o projeto der errado, o que vai restar da colônia?

Pânico.

Sinto pânico na maior parte do tempo.

Ser um clone, uma cópia, já não é das coisas mais relaxantes para incorporar na identidade. Imagina ser um clone híbrido de memórias, gênero, gostos, tudo o que importa. Imagina ser... eu.

Acho que por tudo isso, quando soube da morte de Araci, achei imediatamente que era suicídio. Claro que achei. Eu penso nisso pelo menos umas duas vezes em cada dia padrão de Próxima B. E depois da morte de Araci, há cerca de um mês, essas ideias me corroem quase o tempo todo, até nos sonhos. Na maior parte das vezes, o que me para é pensar no outro corpo, o que é cópia do de Dira, e no que farão com aquela carne que também é minha.

A Dira original gostava de História e mitologias. O Liu da Terra preferia as linguagens matemáticas, os organogramas, as cadeias de comando, preferencialmente com ele no topo. Dira dizia tudo o que pensava. Liu era sarcástico com tendência a ficar mal-humorado com o que não tinha solução. Dira era briguenta e jamais abandonava o que acreditava. Liu só fazia o que queria, mesmo que precisasse de um longo tempo para planejar, organizar e alcançar seus desejos. Dira acharia Liu um chato. Liu provavelmente se irritaria com ela defendendo bandeiras.

Já faz um ano que Liu está tentando fazer essas classificações em sua fúria organizadora, que incomoda Dira sem que ela possa argumentar contra. Quem pensa o quê? Quem é a matriz desse ou daquele sentimento? É um passatempo. E obviamente, um tipo de loucura. Não consigo nem mesmo usar pronomes pessoais para me designar. As línguas que sobrevivem na Terra são todas duais, então, não estou em nenhuma delas. Gavriel é o filólogo da estação, seu original estudou línguas vivas e mortas para tentar amarrar todas as linguagens da Terra num novo idioma: o falar de Próxima B. Será que, depois de tantos séculos do imperialismo dualista, o menino gênio conseguiu propor algo com mais flexibilidade do que o masculino e o feminino? CLARO.QUE.NÃO!

Afundo minha cabeça entre as mãos. Não existe nenhum medicamento nessa droga de estação para que a gente não pense? Às vezes acho que todos estão tomando isso, menos eu. Todos parecem bem, contentes, normais. Eu não. Sou só uma bagunça.

Talvez, se eu conseguisse irritar a misericordiosa criatura que matou Araci, pudesse colher os mesmos resultados que ela. Isso seria fácil. Provocar alguém até levar essa pessoa a me matar. De fato, eu seguro a vontade de irritar os outros até o assassínio o tempo todo. Provavelmente é o Liu quem me segura, pacifista do caralho! Vou soltar a coleira da Dira, então? A original era furiosa e incandescente e agora precisa negociar com um lado de sua mente que é manipulador e analítico. Acho que a primeira pessoa em que Dira gostaria de bater é no Liu. Ele seguraria os braços dela e suspiraria. Ah, os desejos impossíveis!

Não que seja possível irritar diretamente a pessoa que matou Araci. Três órbitas depois do ocorrido e ainda não se tem pistas de nada, nem de ninguém. O grupo inteiro pensa nisso o tempo todo, mas as pessoas temem falar em voz alta o que pensam. Porque, por mais que a gente precise descobrir quem foi e o aconteceu, seria tão melhor se simplesmente fingíssemos que não aconteceu nada de extraordinário.

Seria perfeito se esse paquiderme em nossas mentes cheias de vidros desaparecesse ao invés de ficar balançando sua tromba de um lado para o outro.

Estou afundando de novo nos pensamentos obsessivos sobre minha identidade, quando os sensores do meu cubículo me avisam que há alguém querendo falar comigo. A porta fica transparente na altura do rosto da pessoa, mas apenas para mim. Teo não vê que estou considerando se abro a porta e o mando para o inferno; ou se simplesmente ignoro sua presença e finjo que estou em algum lugar a que só os óculos 4D podem me levar. Num segundo olhar, percebo que ele está acompanhado. Droga! É Aluzá.

Mais baixa que Teo, ela parece ansiosa ao lado dele. Sempre evito Aluzá tudo o que posso. Sua original, na Terra, era a melhor amiga de Dira, ambas biólogas. Pretendia-se que suas clones trabalhassem juntas. Em resumo, as memórias dessa clone específica têm informações o suficiente para colocar em perigo minha dupla identidade. É o meu medo. E a minha esperança. Porque se nem ela notar, será que Dira existiu de fato? Ou é só um complexo de memórias femininas num corpo masculino?

Num instante de loucura, eu abro a porta. Eu sou essa criatura idiota que morre de medo de ser descoberta e anseia por isso. É um desejo absurdo, cuja única justificativa plausível está no fato de que, ao ser essa peça que não se encaixa, eu também sou a única pessoa real dessa estação toda. Elas e eles são clones. Eu sou algo novo. Eu sou de verdade e não uma reprodução, uma cópia. O pensamento faz minha coluna se esticar quando encaro os dois com uma atitude superior.

– Aluzá! Teo! Em que posso ajudá-los?

Teo ergue um dos cantos da boca para anunciar que notou meu sarcasmo, o qual parece tê-lo agradado. Aluzá não dá atenção às minhas palavras, ela é puro nervosismo. Eu me lembrava daquela postura rígida e dos olhos grandes, muito arregalados e destacados com kajal preto – fico imaginando como diabos ela conseguiu produzir esse tipo de maquiagem aqui?

– Nos convide pra entrar. – É quase uma ordem e as palavras de Aluzá não têm qualquer calor, apenas pressa.

Ela também não espera que eu fale, já vai avançando para dentro do meu cubículo. Eu recuo, deixando-a passar. Quase impeço que Teo a siga, mas ele é rápido. Pega no meu braço e me empurra para dentro, fechando a porta na sequência. Odeio que me peguem pelo braço. Tenho ânsia de reagir.

Aluzá começa a falar.

– Prestou atenção no que eu disse? – ela está com pouca paciência.

– Desculpe, Aluzá, ainda estou meio que em choque com a invasão de vocês dois no meu espaço.

Aluzá perfila o nariz comprido na minha direção e consegue me olhar de cima, mesmo sendo muito menor que eu. Mulheres fazem isso constantemente e com uma naturalidade invejável. A percepção parece vir de Liu, o orgulho e reconhecimento vêm de Dira. A coisa toda misturada, faz com que eu olhe para Aluzá com disposição de ouvi-la.

Na verdade, olhar para ela renova toda a admiração que Dira sempre sentiu por sua amiga. Como todos na estação, Aluzá é uma maravilha da engenharia genética. Bonita, com os traços ricos de seus ancestrais nos olhos escuros, nos cabelos espessos saindo em caracóis desde a testa curta, emoldurando um rosto que sempre parece perto de sorrir. No entanto, ela recusou desde sempre ser aquele tipo valorizado de mulher esguia. Nas minhas memórias, Aluzá dizia que havia agenda política masculina em valorizar mulheres muito magras: controlar quando seus corpos concebiam, mantê-las frágeis, fazer com que ocupassem pouco espaço e pudessem ser ignoradas mais facilmente. Sorrio. Ainda amo a minha amiga.

Quando saio da memória para prestar atenção ao que ela diz, suas palavras me esbofeteiam.

– Baiame está propondo usar a energia que teremos de despender para reciclar o corpo de Araci no solo do planeta e já fazermos o mesmo com o corpo de Dira.

O ar some por um instante e me empertigo.

– Baiame, por acaso sabe qual a diferença entre um corpo vivo e um corpo morto? O corpo de Dira está vivo! – sinto que estou falando alto demais.

Aluzá não parece se importar com o tom visceral da minha reação. É o que ela espera de mim.

– De acordo com ele, Dira não é uma pessoa – rosna. – Para ele nunca houve um espírito ali. Então, do ponto de vista do "nosso líder", o que está no globo-médico é só um amontoado de carne.

ARQUIVO

Protocolo n. 12-4.592

Origem – AGNI

Destino – IRIS

Informações sobre os colonos – para armazenamento

Araci – Especialista em administração e psicologia coletiva. Informação étnico-genética presente no nome: deusa da aurora e das madrugadas entre os Tupi-guaranis.

Baiame – Especialista em astro-agrocultivo. Informação étnico-genética presente no nome: deus criador entre os grupos aborígenes do SO da Austrália.

Centeo – Especialista em nutrição astronáutica. Informação étnico-genética presente no nome: deus do milho na cultura Asteca.

Dira – Especialista em astrobiologia e adaptação genética da fauna a condições não terrenas. Informação étnico-genética presente no nome: redução de Jandira, heroína de Lenda Amorosa do folclore indígena fluminense/litoral SE do Brasil.

Enlil – Especialista em engenharia de energia com foco na sustentabilidade e autossuficiência. Informação étnico-genética presente no nome: deus sumério do ar e das tempestades.

Feng – Especialista em meteorologia, com amplos estudos sobre o clima de Próxima B. Informação étnico-genética presente no nome: de Fenghuang, a fênix chinesa.

Gavriel – Especialista em filologia, estudioso das línguas terrenas, trabalha para criar um novo idioma. Tem a responsabilidade de dar nomes aos lugares e materiais do novo planeta. Informação étnico-genética presente no nome: anjo de acordo com as religiões abraâmicas.

Hebe – Especialista em medicina de prevenção, cuidado e bem-estar. Informação étnico-genética presente no nome: deusa grega da juventude.

Izanagui – Especialista em psicologia, com formação também em química e na fabricação de medicamentos. Informação étnico-genética presente no nome: deus criador entre os habitantes do Japão.

Jacy – Especialista em psicologia comportamental. Acumula também a formação em análises de laboratório. Informação étnico-genética presente no nome: deusa da lua e guardiã da noite entre os Tupi-guaranis.

Kahasi – Especialista em engenharia de materiais e estruturas. Tem formação também no desenvolvimento de polímeros. Informação étnico-genética presente no nome: xamã mitológico da cultura Inuit/esquimó.

Liu – Analista de Big data com várias especializações, é responsável pelos dados coletados, sua distribuição, plotagem, análise e segurança. Informação étnico-genética presente no nome: general mítico da era dos três reinos da China.

Maya – Microbiologista marinha, pesquisa os micro ecossistemas que se formaram em Próxima B desde que este começou a ser bombardeado micro espécies terráqueas. Informação étnico-genética presente no nome: deusa hindu da ilusão e dos sonhos.

Capítulo 4

Minha raiva sobe incandescente, sinto o meu rosto arder e minhas mãos se fecharem em punho. Se Baiame aparecesse na minha frente, eu nem sei do que seria capaz. Nem tento imaginar de onde vem a raiva, porque ela parece me rechear e extravasar. Ocorre-me o pensamento de que eu nunca esperaria um comentário assim de alguém que estudou povos ancestrais e descende de uma cultura tão espiritualizada. Algo que me vem de Dira não se conforma com isso. Contudo, a voz de Liu saindo da minha boca está mais furiosa do que inconformada.

– O que Baiame quer e o que vai acontecer são duas coisas bem diferentes. Ele terá de convencer a colônia inteira sobre isso.

– Não sei se isso será realmente difícil – Teo está sentando na minha cama cheio de familiaridade e esticando as pernas até onde é possível.

– O que quer dizer?

– O óbvio – o jeito relaxado de Teo me enerva. – Baiame tem argumentos fortes do ponto de vista da sustentabilidade e da racionalidade da colônia. São posições objetivas, difíceis de se apontar falhas em termos lógicos. Pode convencer a maioria dos outros em pouco tempo de discurso.

Aluzá se aproxima e me olha de um jeito que vai do desamparo à esperança.

– Por isso viemos até você, Liu. Você a tem visitado todos os dias no último ano. Você a conheceu na Terra, como eu. Ajude-nos a demovê-lo disso. Eu – a voz dela fica úmida – eu não quero perder a minha amiga.

Fico olhando Aluzá e minha cabeça terrível pensando em tudo que parece errado no discurso dela. Em especial, do ponto de vista de meu mau humor com essa vida que nos obrigaram a viver. Sim, estou em contradição. Eu sou uma contradição e, por isso, ainda acho que Aluzá pode ser minha única aliada.

– Aluzá pode apelar para a emoção dos outros, falando da amizade de ambas. No fundo, estamos todos carentes de laços. Isso pode ter valor – Teo faz o comentário de forma que parece inocente. Eu sei que não é. – Talvez, se você falar da relação de vocês dois, possamos apelar ainda mais para a sensibilidade deles.

Ah, aí está!

Olho para Aluzá e ela novamente me parece esperançosa, só

levemente constrangida. Teo a convenceu, com toda a certeza. Afinal, qual é a desse cara?

Faço uma careta de desdém para reforçar a minha atuação.

– Não acho que historinhas sentimentais terão mais força que a argumentação de Baiame. Do meu ponto de vista, o que devemos colocar em xeque é a moral e a ética da colônia.

Aluzá parece incerta. Teo ergue um dos cantos da boca e cruza os braços sobre o peito.

– Mesmo? – sua voz soa incrédula e um pouco irritada. Céus, ele realmente achou que eu contaria o que ele quer saber, fácil assim? Ridículo! – Você acredita demais na moral e na ética da colônia.

Dou um meio sorriso.

– Na verdade, eu acredito na natureza humana.

– Você os acha bons? – agora ele está chocado.

– Eu acredito que o grupo vai discutir o que fazer por anos, até que uma maioria fique em paz com suas consciências. Uma paz que não lhes daremos nunca.

– Perfeito! – Aluzá concorda vivamente, ignorando a hostilidade entre mim e Teo. – Gosto do jeito que você pensa, Liu. Se não puder convencê-los, o melhor é enchê-los de dúvidas. Baiame logo deve convocar uma reunião, você tem ideia do que podemos usar como referências de bioética?

Coloco toda a minha atenção em Aluzá. Dira e ela foram amigas. Ou suas originais foram. Nesse momento, pouco importa. Sinto que Liu poderia simpatizar com ela, então, podemos ter uma amizade, sim. Eu preciso urgentemente de uma aliada. Preciso de alguém que pense esse mundo e duvide dele. De alguém com quem trocar. Alguém que não seja uma IA controladora de agendas, nem um médico esquisito que mexe com os meus nervos.

Dou um comando ao PAD e as paredes se reorganizam para que suas moléculas alomórficas se desdobrem em três abas, criando duas plataformas pequenas para servirem de bancos e uma maior à guisa de mesa. Chamo Aluzá para se sentar comigo. Não há lugar para Teo!

Em pouco tempo, estou me sentindo à vontade. A inteligência de Aluzá está ali, na minha frente. Sua clone é uma mulher incrível, não muito diferente do que me lembro. Sinto que minha porção que é Liu está encantada.

Num movimento de pulso, Aluzá abre uma tela de notas em seu PAD, onde começa a gravar, escrever e fazer buscas dos pontos que queremos levantar em nossa exposição de argumentos. Ela consegue ser rápida e focada. Logo, temos páginas e páginas de material e argumentos.

Teo permanece quieto. Achei que ele se incomodaria de ser excluído e iria embora. Porém, tudo o que o médico faz – como se não tivesse nenhum trabalho esperando por ele – é se acomodar melhor na minha cama, escorando-se, e ficar ali. Num relance, percebo que Teo está muito atento a tudo. Em especial, nos meus movimentos, e na forma da minha interação com Aluzá. Notar isso incomoda o suficiente para que, em instantes, a naturalidade e conforto que eu sentia evaporem. Acabo começando a calar mais do que falar, meus movimentos ficam rígidos, pesados. Alongo o pescoço para soltar a musculatura. A presença dele me oprime. Quando não me causas desejos de violência.

Aluzá termina uma anotação e fica quieta por um tempo. Ela faz um movimento irritado com o corpo, chamando minha atenção.

– Sabem o que me deixa mais inconformada? É que são corpos femininos. Tudo isso é sobre como dispor de corpos de mulheres!

– Araci está morta – resmunga Teo.

– E ela deixou de ser uma mulher por conta disso?

Eu baixo a cabeça e sorrio, Teo suspira.

– Baiame não a desintegraria no planeta se ela fosse um homem, é isso?

Aluzá se vira para ele e ergue a cabeça enfrentando o tom irônico.

– Não estou sendo sectária, Teo. Baiame quer acabar com tudo rápido demais pro meu gosto. Pra que desintegrar Araci, se ainda não sabemos direito como ela morreu? Pra que usar isso para apagar a existência de Dira? No fundo, ele se baseia no fato de que viemos de estruturas sociais em que os corpos femininos são descartáveis.

Teo nega com a cabeça.

– Se Dira fosse Liu, por exemplo, seria ainda mais fácil descartá-lo. Não se trata de um corpo que possa ser matriz.

As mãos de Aluzá vão para a própria cintura, mas apertadas em punhos. Seu rosto queima, vermelho de raiva. Sinto-me aquecer pela indignação dela. As mulheres da colônia não tiveram sua cólera amenizada – seja em termos genéticos ou hormonais – como os homens. As cientistas garantiram que isso diminuiria as chances de construirmos uma sociedade machocentrada aqui, *na utopia*. Aluzá, porém, pensa como eu, a questão não é genética ou hormonal.

– E o descartariam, Teo? Ou estaríamos discutindo se deveríamos ou não o tirar do coma e ensiná-lo para que entrasse em nossa nascente sociedade. Pense? Baiame pensaria diretamente em descartá-lo?

Ao ouvir isso, Teo mudou muito rápido de postura e se sentou ereto, o rosto iluminado por uma luz interna de empolgação.

– Você tocou no ponto, Aluzá!

– Que ponto? – a animação dele faz com que eu sinta medo.

– Por que não acordar Dira?

Aluzá tem uma rápida reação de choque, depois parece subitamente interessada. Estou em pânico, sem saber exatamente o porquê.

– Mas não há nada dentro dela – argumento. – Aquele corpo é uma casca vazia. Mesmo que tivéssemos o dispositivo neural com as memórias e experiências dela, não haveria possibilidade de introjetá-las naquele corpo, sem que isso fosse feito como foi projetado. Quero dizer, lentamente. Se fizéssemos isso agora, ela teria sempre a defasagem de 25 anos e...

Teo se levanta da minha cama com os lábios curvados para cima. Parece perceber que estou à beira de hiperventilar. Ele coloca as duas mãos sobre a mesa e se inclina até sua cabeça estar próxima a minha e a de Aluzá.

– Nós não temos um dispositivo neural com sua persona original, mas temos um cérebro em perfeitas condições. Os conhecimentos básicos podem ser introjetados com dispositivos neurais preparados para isso. Ela não terá experiências ou uma personalidade brilhante, mas vai saber falar, andar, onde está, e até terá uma boa quantidade de conhecimentos gerais.

Respiro fundo. A proposta fere minha dignidade.

Por que fere? Não sei. Ainda penso no corpo de Dira como meu. Porém, não sendo exatamente Dira, essa posse é ridícula e um tanto venenosa, pois é também como se Liu a reivindicasse. O fato é que não me sinto em condições de aceitar aquele corpo como sendo de outra pessoa. E é o que vai ser se Teo acordá-lo. Outra pessoa. Outra pessoa. Outra pessoa. E eu não posso gritar em frente a esses dois. Eu não posso gritar mesmo sem outra pessoa nesse cubículo. Eu sequer posso gritar nessa merda de planeta sem que alguém ouça ou saiba e queira me fazer dizer por que estou gritando.

Vou enlouquecer.

Meu rosto continua como uma pedra.

E ainda assim estou completamente fora da razão, porque por dentro eu estou aos berros. Gritando muito. E muito alto.

– Liu? Liu? – Aluzá me chama. Tenho a impressão de que ela perguntou algo e eu não respondi. Não faço questão de saber qual foi a questão.

– Não acha que está levando longe demais sua vocação para Victor Frankenstein, Teo?

Aluzá está chocada e não é rápida para me repreender antes que Teo fale.

– Pensei que tínhamos concordado que Dira está viva.

– O corpo estar vivo não quer dizer que aquela seja Dira?

– Claro que não! – concorda Teo. – E daí? Vamos entrar em outro debate ético pra durar um milênio ou dois? O que é Dira? Seu corpo? Suas memórias? Sua personalidade? Suas experiências? Cavouque o suficiente e você chegará à conclusão de que sequer nós somos quem acreditamos ser!

– E não somos mesmo! Esse é o meu ponto! – Minha voz é alta e agrada meus ouvidos e minha vontade de berrar.

Aluzá se levanta e se coloca entre nós dois.

– Meninos... – interpõe ela. Porém, Teo não contra-ataca como ela e eu imaginamos que faria. Pelo contrário, o diabo dá um passo atrás e sorri.

– Ótimo, estamos de acordo, então.

– De acordo sobre o quê, seu lunático?

– Que nenhum de nós é a pessoa que ficou na Terra. Que esse processo todo criou algo muito diferente. Então, por que não darmos uma chance pra Dira? Tenho certeza de que vocês dois ainda poderão ser amigos dela. Será como se a Dira que os originais de vocês conheceram tivesse irreversivelmente perdido a memória, mas... qual é? Seremos como pais. Digo, vocês dois que conheceram a original e podem ensinar os elementos mais importantes da personalidade dela. E eu serei o tio legal, que tal? No fim, teremos laços ainda mais fortes que os que havia na Terra.

Eu me viro para Aluzá.

– Foi essa pessoa que você trouxe aqui para resolvermos o problema com Dira? Sério, Aluzá? Você percebe que esse cara é completamente maluco?

O rosto de Aluzá, no entanto, mostra dúvida. Ela esfrega as mãos e aperta os lábios. Quase posso ver as engrenagens de sua cabeça funcionando. Ela está considerando. Puta merda!

– Aluzá, por favor... – começo.

– Calma, Liu. Nada será feito sem que pensemos muito antes. Vamos considerar tudo. Não apenas os nossos sentimentos. Temos de nos perguntar o que a Dirá gostaria que fizéssemos.

Cruzo os braços e deixo uma espécie de rosnado escapar da minha garganta. Dira gostaria de estar de volta ao seu corpo, gostaria de não ser a bosta de um clone, de não estar presa num planeta com cor de sangue. Talvez ela quisesse estar definitivamente morta. Certamente, o que ela não quer é outra pessoa andando por aí com sua aparência. Com o que ela era e não pode ser mais.

Aluzá está querendo ser racional. Liu tenta acompanhar, afinal, ser racional sempre foi uma qualidade importante para ele. Por outro lado, pensar demais sobre si mesmo não foi algo estimulado no Liu original. Talvez ele fosse superficial, mas a superficialidade era confortável. Não, Dira não era igualmente uma pessoa de profundo autoconhecimento. Estava muito mais interessada em erguer suas bandeiras e fazer suas lutas. Meu ser híbrido não tem escolha senão tentar juntar esses pedaços. E eu... eu penso profundamente sobre mim, ao contrário deles. Levo as mãos às têmporas e massageio.

– Será que teremos todo esse tempo pra pensar, Aluzá? – pressiona Teo. Do meu ponto de vista, nós temos que...

– Teo, você acha que nós três podemos decidir uma coisa assim? – ela está incerta.

– Sim, eu acho! Aquele povo lá fora não tem interesse nisso. Talvez, eles nem a queiram acordada. Sai fora dos planos, não é? Vamos fazer isso, e aí lidamos com as consequências. Ou vamos cruzar os braços e deixar Baiame a decompor junto com o corpo de Araci?

Nunca vi Teo inflamado assim. Ele é sempre debochado, calmo, divertido, chato.

– Afinal, Teo, qual é o seu interesse nisso?

De repente, minha pergunta é a única que faz sentido. O ponto-chave que em nenhum momento havíamos tocado. Aluzá fica alerta tão logo termino de falar. Nós dois encaramos Teo, esperando.

Ele fica sério como eu nunca o vi. Olha em torno como se avaliasse o espaço e a mim e Aluzá. Porém, no minuto em que ele abre a boca, o alarme soa dentro do cubículo, alto o suficiente para nos fazer pular. Com os protocolos de privacidade, havia apenas a voz de IRIS chamando logo após o BIIII insuportável.

Todos os colonos, compareçam ao globo-central imediatamente! Isso não é um treinamento! Repetindo: todos os colonos compareçam ao globo-central imediatamente! Não é um treinamento!

Trocamos um olhar assustado. É a mesma mensagem de antes. Movimento o PAD para me comunicar diretamente com IRIS.

– O que aconteceu, IRIS? – minha voz de Liu tem o tom de ordem.

Todos os colonos, compareçam ao globo-central imediatamente! Isso não é um treinamento! Repetindo: todos os colonos compareçam ao globo-central imediatamente! Não é um treinamento!

Balanço a cabeça com raiva.

– Código de acesso prioritário VERMELHO 08.

Identificação LIU, acesso de informação prioritária liberado. O líder Baiame foi encontrado morto há 5 minutos. Ele estava fechado em seu aposento particular.

Meu olhar para os outros dois é gelado e cheio de pavor.

– Causa da morte? – pergunto.

Corte longitudinal na base do pescoço. IRIS silencia por segundos antes de completar. Exatamente como a líder Araci.

Capítulo 5

Estou com pena.

Não de Baiame.

É claro que sinto sua morte. Nunca lhe desejei qualquer mal e sei que é uma perda imensurável para a colônia. Porém, no momento, sinto pena de Feng. Ela deve ser a líder agora. Foi a escolhida pelo sorteio que fizemos logo após acordarmos em Próxima B. Embora seja uma pessoa resiliente, realmente não vejo nela as características necessárias para o comando em meio à turbulência em que estamos. Devíamos era deixar Naga tomar conta de tudo agora. A chefe da segurança me parece a escolha óbvia depois de duas mortes estranhas. Independente de seus motivos.

Não sou a única pessoa com essa opinião. No momento, a colônia se encontra dividida. Os que querem que entremos de cabeça na situação de exceção em que vivemos, com todos os seus inconvenientes. E os que acham que podemos fingir normalidade e seguir com o que foi previamente acordado. São esses últimos que sustentam que Feng deve ser a líder agora.

Estamos sentados em torno da mesa grande no globo de convivência. Optamos por uma única, circular, estilo távola redonda espacial com 26 lugares. Nesse momento, apenas 23 estão permanentemente ocupados.

Continuo olhando para Feng. Ela tem uma constituição miúda, quase infantil em meio a tantas pessoas altas. O cabelo preto e liso, cortado com uma franja, reforça essa imagem de menina. Quase espero vê-la segurando balões, muito embora seus entusiasmos quase sempre se alternem com um fatalismo persistente. Nenhum dos dois humores se adequa muito bem ao seu papel de meteorologista da colônia. Mas aprendemos a lidar com essas alterações no último ano. Como tal personalidade poderia ser uma guia nesse caos? Não encontro argumentos que me convençam.

Os olhos de pétalas de flor de pera de Feng estão arregalados. Ela está em pânico. Ninguém parece perceber ou querer perguntar como ela se sente. Os partidários da normalidade na anormalidade são a maioria. Nas últimas duas horas já passamos pelas vozes altas, pelo silêncio, pelos murmúrios. Agora as pessoas conversam, algumas choram. As falas não têm nenhuma franqueza, enquanto os olhares se lançam sobre os ombros como se, a qualquer momento, um monstro alienígena fosse irromper na sala. Creio que todos gritariam aliviados se isso acontecesse, ao menos o culpado não seria um de nós.

Teo e Aluzá estão sentados junto a mim, um de cada lado. Estamos em silêncio. Os braços cruzados à frente do corpo. Provavelmente também estamos pensando as mesmas coisas. Que se nossa conversa em meu cubículo aparecer para o grande grupo, nós três seremos imediatamente suspeitos. Afinal, tanto Araci, quanto Baiame queriam se desfazer de Dira. Sermos contrários a isso nos colocará imediatamente na berlinda, queiramos ou não.

Feng fica em pé. Ela ainda tem aquela expressão congelada, então, demora um pouco para as pessoas perceberem que ela quer falar e que não sairá correndo daqui. Finalmente, todos fazem silêncio.

– De hoje a uma semana – a voz é firme e não há preâmbulos ao que ela começa a anunciar – teremos a conflagração das condições para uma tempestade perfeita. A possibilidade de a estação sofrer danos graves é imensa e não tenho como mensurar o que isso pode ocasionar aos nossos sistemas. É possível até mesmo que sejamos submersos por um tsunami. Então, caso alguém esteja planejando a morte de todos na estação, eu sugiro aguardar. – Feng pisca e encara as pessoas chocadas a sua volta. – Provavelmente Próxima B vai poupar seu trabalho.

Ninguém esperava um comentário desses. A sensação de não ter para onde correr se ergue como uma onda.

– Feng... – Xipe começa, mas ela o corta.

– Eu sei. Você e Naga querem que se priorize a investigação. Acreditam que nossas vidas dependem disso. Não duvido. No entanto, a líder agora sou eu. E minha prioridade é que sobrevivamos à próxima semana. Então, todos os nossos esforços serão para impedir que sejamos varridos da superfície do planeta antes mesmo de estarmos completamente estabelecidos aqui. Devo lembrar que, caso venhamos a morrer, não causaremos na Terra mais que um incômodo financeiro. Muito provavelmente, após alguns lamentos retóricos, enviarão outros clones para nos substituir. E assim será até que o planeta seja habitável para os interesses dos investidores. Se temos realmente alguém disposto a matar entre nós, só peço que tenha um pouco de paciência. Por outro lado, se alguém sabotar meu plano de preparação, já saberemos quem é nosso assassino.

Em poucas palavras, Feng inverteu tudo. As mortes já ocorridas não pareciam mais tão importantes. Toda a colônia estava sob ameaça. Desprezar a questão coletiva era provavelmente a ação mais eficaz, caso nosso objetivo fosse realmente morrer. A busca por um assassino, que nem sabíamos se existia de fato, certamente perdia sentido diante da imaginável aniquilação da estação. Afinal, as teorias menos votadas ainda sugeriam a possibilidade de suicídio e até mesmo uma programação fantasma em alguma das unidades IRIS (difícil, mas não impraticável). Talvez, a ideia de assassinato só tenha ganhado corpo porque, vivendo como ratos de laboratório, precisamos de um nome cheio de terror pelo qual chamar nossa angústia e assim lidar com ela.

Feng trouxe um ponto fundamental aos nossos temores. Se queríamos brincar de detetive, essa não era a hora. A não ser que nosso objetivo fosse deixar as variações climáticas do planeta nos matarem. Condições de tempestade perfeita, obviamente, poderiam ocorrer na Terra. São raras, necessitam de uma combinação altamente improvável de circunstâncias. E, como se sabe, improvável não é impossível. É apenas um conjunto de fatos muito, muito, mas muito difíceis mesmo de estarem interligados.

No tocante à Próxima B, qualquer planeta com atmosfera pode apresentar esse tipo de excentricidade. Apenas isso ainda não havia ocorrido em nosso ano aqui. Nem mesmo estava gravado nos dados colhidos por IRIS em seu século de experiência no planeta. Ou seja, tais condições não estiveram reunidas nos últimos 200 anos (numa contagem terrestre). O que isso significa? Que não temos dados! Só podemos contar com as projeções de Feng. E eu já disse que Feng é fatalista, certo? Os bons dias dela já me assustam o suficiente, imagine os ruins.

Então, vejamos, a merda da semana é que tudo é ab-so-lu-ta-men-te novo. As ideias sobre o que fazer estavam baseadas em conhecimentos terráqueos que jamais evoluíram o suficiente para evitar que "merdas acontecessem". Então – solto o ar preso nos pulmões com mais força que o necessário – ... pois é.

Num resumo bastante preciso: caso uma tempestade perfeita

ocorresse na Terra e matasse 23 pessoas, isso seria uma fatalidade lamentável. Em Próxima B, será uma catástrofe em nível de extinção.

Contudo, não consigo negar, ouvir Feng me faz experimentar uma sensação crescente de euforia. Finalmente, esse bando de clones precisará tomar decisões não pautadas pelos lugares designados por e para seus originais. Será que, indo além do planejado, esse grupo se tornará mais capaz de aceitar o que não foi programado? Será mais capaz de aceitar alguém como eu?

A mão de Teo envolve meu braço e me traz de volta ao chão. Ele se inclina na minha direção, chegando muito próximo da minha orelha. Sinto o ventilar de sua respiração junto das palavras.

– Acha que Feng pode ser uma aliada ou nos verá como suspeitos?

Minha expressão e olhar são pura incompreensão. Teo se mexe impaciente, como se nunca tivéssemos falado de outro assunto além do que ele tem em mente.

– Sobre acordar Dira.

Volto a encarar o lugar de onde Feng fala e meu coração dá um salto, parecendo ir se chocar contra a base da minha garganta. Na sequência, coloco a atenção novamente no rosto anormalmente grave de Teo. Ele fala sério! Quer mesmo acordar aquele corpo. O meu corpo. O corpo dela. O corpo que passará a ser de outra pessoa. Não sei o que pensar, nem o que sentir. Minha respiração acelera, meu sangue aflui para o meu rosto e minhas mãos. Estou queimando e, mesmo assim, me esforçando para manter uma expressão fria e meus músculos imóveis.

Teo mantém em mim um olhar entre o intrigado e o preocupado. Sei que ele percebe cada mínimo movimento meu, as mudanças de cor e as alterações do meu fluxo de ar. Teo se afasta e murmura um "respire fundo". Eu o faço, porque sei que não tenho outra saída. Ele sussurra um "de novo" e eu obedeço. E, então, ele está fazendo as respirações comigo e me incita a fazer isso uma terceira vez. Por fim, lentamente, sinto-me voltar ao normal.

– Imaginava – diz ele em voz muito baixa – que você poderia gostar da ideia.

Teo parece levemente divertido com minha carranca. Cruzo os braços e tento voltar a pensar no problema que Feng apresenta. Um problema maior, repito internamente. Um problema real.

Ergo o braço para pedir a palavra sem pensar muito. Quero escapar de Teo, quero outro assunto que não reviver o meu corpo para ser outra pessoa, que não eu. Feng parece achar que uma manifestação minha pode ser bem-vinda em meio ao caos que ameaça se formar no grupo. Afinal, quase todos estão falando ao mesmo tempo, enquanto eu estou pedindo a palavra. Ou seja, eu sou um avanço aqui. Ela estica o braço na minha direção e ergue a voz.

– Liu! Por favor – convida.

Eu fico em pé. Minha altura ocupa espaço e o grupo lentamente se cala.

– Minha sugestão é que resgatemos os dados que têm sido fornecidos pelo *Blob*. Imagino que o mapeamento que o plasmódio tem feito do solo e do subsolo de Próxima B pode nos ajudar a encontrar os pontos mais seguros para um abrigo.

Acabo de falar como uma bióloga, mas mantenho a expressão séria, como se apenas fosse um analista lembrando de dados que todos esqueceram por instantes de pânico. Maya se ergue imediatamente. O rosto redondo brilhando de entusiasmo e os olhos negros muito abertos. Ela me lembra um avatar de jogo eletrônico.

– É uma ideia excelente! São dados fáceis de obter e podemos começar imediatamente a preparar...

– Não há como transportar toda a estação para um buraco no chão em tempo de estarmos a salvo de uma tempestade dessa magnitude – objeta Kahasi.

Obviamente que o projetista das estruturas físicas da colônia se oporia. Mesmo sendo um engenheiro de materiais voltado para alternativas sustentáveis, Kahasi tinha um verdadeiro ranço com as parcerias estabelecidas entre nossa ocupação do planeta e os reinos fungi e protista. Não foi uma, nem duas vezes, que os debates entre ele, Maya, Aluzá e Dira esquentou. Claro, isso ainda nas versões originais, na Terra. Aqui, mesmo com acesso a todos os dados produzidos na colônia, eu não consigo acompanhar as nuances e debates. Por isso, ficaria estranho se eu falasse não sendo "especialista".

Eu nem percebi que Aluzá já estava em pé ao meu lado, pronta para briga.

– Um buraco? Temos 500 anos de pesquisas com o *Blob* pra você dizer uma coisa sem cabimento dessas, Kahasi.

O homem se levanta também. Kahasi tinha a genética maciça dos Inuit no corpo e um rosto na fronteira entre os nativos das Américas e da Ásia. Difícil não ver um guerreiro quando ele se coloca firmemente sobre os dois pés e cruza os braços em frente ao corpo. Ele respira profundamente, buscando calma.

– Eu não desfiz do bichinho de vocês, certo? Apenas disse que não dá pra salvar toda a estação com essa ideia de nos enterrarmos como toupeiras. Por mais avançados que sejam os mapas criados pelo *Blob* do subsolo: é logisticamente inviável!

Maya ergue o dedo na direção do homem.

– Primeiro, não é um bichinho!

Ele faz um gesto de eu sei, mas ela não o deixa falar.

– Segundo, muito do que fizemos aqui, aliás, muito do seu trabalho se deve justamente ao que hoje sabemos sobre a ação de protistas e fungos!

Kahasi continua com a expressão entediada de "eu sei", e se senta. Na sequência, ele se inclina e resmunga baixo para Enlil, sentado ao seu lado. Infelizmente, sua fala não é baixa o suficiente.

– Apenas não confio em demasia numa coisa sem cérebro ou que se reproduz por esporos.

Sinto o insulto crescer dentro de Aluzá e entro na frente dela antes que ela o fale. É um instinto de poupá-la, não nego.

– Não há nenhuma sugestão no sentido de usarmos as redes mapeadas pelo *Blob*. Apenas que se considere isso, junto com outras opções. Todos aqui devem considerar o mesmo em suas áreas de atuação. – Respiro e continuo falando. – Dados. É o que precisamos. Todos os disponíveis. Temos uma semana para protegermos pessoas, equipamentos, material orgânico e todo o trabalho do último ano. Feng está coberta de razão: disputas são irrelevantes, tanto quanto estarmos debatendo o que está causando mortes ou o que fazermos com as matrizes genéticas dos corpos em animação suspensa ou mortos. Devo lembrar que estar *certo* não é a prioridade nessa estação-colônia? Ficarmos vivos é o que importa.

Os ânimos se acalmam e todos parecem considerar minhas palavras. Mas foi preciso uma voz masculina dizer o que três mulheres tentaram antes. Isso irrita minhas duas mentes. Há horas em que a evolução não caminha, se arrasta.

Capítulo 6

O time montado por Feng era uma contradição só por existir. Ela poderia ter usado uma das unidades IRIS apenas. No entanto, sem que fosse preciso alguém expressar em palavras, estávamos todos desconfiados da IA. Não era algo a ser dito em voz alta, ainda mais no momento de tensão em que estamos. Porém, seria ridículo não admitir nos meus pensamentos que mandar um grupo humano para fazer observações *in loco* e recolher dados do *Blob* era

a assinatura de que nossa fé nos alicerces cibernéticos da nascente civilização estava ruindo.

Obviamente, isso também era uma ação escapista. Era mais fácil começarmos questionando a IA do que as pessoas do grupo. Quando essa fé acabasse, cairíamos no mais completo caos.

Feng escolheu as "mães" do *Blob* no planeta: Aluzá e Maya. Aluzá pediu que eu as acompanhasse para não haver erro na coleta dos dados. Maya achou importante que Onilé, a vulcanóloga, nos acompanhasse para observar se havia indícios de atividades sísmicas nos sensores próximos ao *Blob*. Juntou-se a nós Valkíria, a analista de riscos, por... bem, por motivos óbvios.

Há outro motivo para um time tão grande, acompanhado de suas unidades IRIS pessoais, no caso as de número 12, 13, 15, 21 e 22: ninguém quer estar só. Estamos com medo de ficarmos em pequenos grupos e, inclusive (de um modo bem óbvio), tememos estar a sós com nossas unidades IRIS.

Não é uma delícia? Já estávamos depressivos, angustiados e ansiosos. Agora estamos também paranoicos.

E enclausurados.

O "laboratório" acabou de ascender níveis de odiosidade para os "ratos". Só que não dá para destruir o laboratório e fugir.

– Liu! – o berro de Valkíria me ancora de novo.

A pressão de Próxima B está suportável para nossos corpos, então não precisamos de roupas de modelito astronauta. Usamos nossos trajes de tecido inteligente apenas acrescido do reforço antirradiação. Na cintura, um "cinto de utilidades" com instrumentos que possam ser necessários a algum trabalho de ordem mecânica, bem como um conversor de oxigênio. A função deste é otimizar o que se pode retirar da atmosfera do planeta e jogar isso em um mini respirador em nossos narizes. O capacete tem uma função mais específica de proteger o rosto e a cabeça dos níveis de radiação, bem como evitar ressecamento de olhos e mucosas. Tudo isso para dizer que um berro no comunicador que soa dentro do ouvido de uma pessoa é extremamente desagradável. Não que ser agradável ou polida fosse uma preocupação para Valkíria.

A ruiva grande era bonita e intimidadora. Da minha altura, mas certamente mais forte. Já a vi carregar pedras neste planeta que eu – falo do corpo de Liu – não me atreveria sequer a tentar. Tenho a impressão de que todas as pessoas na estação pulam quando ela fala, porque quase sempre soa como uma ordem. Não temos intimidade para que eu possa perceber mais do isso. No entanto, Valkíria não parece diferenciar os tratamentos seja com os íntimos ou com os distantes.

Ela volta caminhando na minha direção. Estamos nos deslocando até os pontos mais distantes em que podemos captar o crescimento do *Blob*. Usamos o Rover até onde o terreno permitiu e agora seguimos a pé. Meu PAD está criando um mapa 3D em conexão com os sensores orgânicos das unidades IRIS. Nossos capacetes têm uma iluminação em luz fria, necessária no cenário avermelhado em que estamos, para que possamos ver os rostos e as expressões das outras pessoas. Acho que nos deixa com jeito de fantasmas.

– Por que está ficando para trás?

Olho as outras mulheres andando à frente.

– Não havia notado. Estou de olho na construção do mapa.

– Possibilidades?

Ela alinha os passos aos meus e começa a caminhar ao meu lado.

– Algumas. Mas quero ter certeza. Odiaria ter de dar razão para Kahasi.

– É. – Ela faz uma pequena pausa. – Seria divertido. Nada útil, é claro. Mas divertido.

Olho seu rosto com um misto genuíno de confusão.

– Ah, não me faça essa cara, Liu. O que tira o tédio dessa estação são as brigas.

Seguro um rosnar irritado. Liu nunca gostou de brigas, acha uma perda de tempo. Dira acha que brigas sem sentido roubam a energia que deveria ser usada em direções mais consequentes. Irritação dupla. Única. Minha.

– Vamos morrer se não acharmos uma saída.

Minha voz pontua cada palavra, mas Valkíria dá de ombros.

– Todos vamos morrer em algum momento. – Ela faz um gesto com as mãos para cima. – Certo, certo, vou me corrigir antes que você ache que estou matando pessoas para acabar com a monotonia. Acho que cenários complicados fazem as pessoas mais criativas. Então, em algum momento a solução vai surgir. – Ela ri da minha expressão. – Certo, certo, eu também tenho esperanças no *Blob*, só gosto de criar alternativas, quanto mais difíceis melhor.

Nego por um instante com a cabeça, depois concordo.

– É por isso que você é boa no que faz?

Ela dá um tapa alegre nas minhas costas, me jogando quase dois passos à frente.

– É isso aí, garoto! – Andamos em silêncio por alguns metros. Ela retoma a fala. – Eu tenho uma pergunta.

– Humm?

– Qual o seu lance com a bela adormecida?

Minhas pernas estacam no lugar.

– Que tipo de pergunta é essa?

– Uma pergunta como qualquer outra. Aluzá era amiga da Dira. Eu conheci a garota. Não éramos íntimas, mas... Nunca constou pra mim, ou pra Aluzá (sim, eu perguntei pra ela), que vocês tivessem algum contato fora do treinamento. Agora você está sempre no globo médico, em volta do corpo dela todos os dias. É estranho. A não ser, é claro, que seu interesse seja outro.

– Outro?

Ela sorri e provoca.

– Teo...

– O que foi que o Teo andou dizendo?

Minha paciência com o médico está bem além do limite seguro. Valkíria aperta os lábios, numa expressão de quem atingiu o ponto desejado.

– A relação de vocês é meio estranha, não?

Respiro fundo, gastando mais oxigênio do que deveria. Sei o quão fria minha expressão parece.

– Pra ser estranha, precisaríamos ter uma relação. Não temos nenhuma.

– Exceto se encontrar todos os dias à beira do leito de uma mulher sem vida.

– Dira está viva.

Valkíria faz um gesto com a mão, dispensando minha fala.

– Sem vida, sem personalidade, sem função. É quase tudo a mesma coisa.

Acho que uma veia começa a pulsar na minha testa, tenho certeza de que fecho minha mão em punho para não apertar o pescoço dela até os olhos saltarem para fora. Ouvir isso de uma mulher me incomoda ainda mais. O condicionamento genético de não violência masculina não parece forte o bastante para segurar a parte da personalidade de Dira que é metade do que sou. Quem Valkíria pensa que é para dizer algo assim?

Quase sem perceber, eu avanço para cima de Valkíria. Na fúria, penso que minha altura e expressão podem intimidá-la. O efeito não alcança o que imagino. Valkíria é praticamente da minha altura, é forte, feroz, uma guerreira. Ela ri de mim.

– Isso é raiva, Liu? Um comportamento estranho pra um homem, não é?

Imediatamente começo a tremer. Nem a frieza de Liu consegue me ajudar agora. Meu corpo se aquece inteiro, como o de uma criança pega em meio a uma travessura, eu... eu quero correr daqui! Acabo de entregar que sou diferente! Ou não? Será? Vejo-me desejando ardentemente que a analista de riscos não seja tão inteligente, nem tão capaz.

– Não é raiva – consigo dizer numa voz esganiçada, quase irreconhecível. Tento conscientemente confirmar o que digo relaxando minha postura. – É cansaço. Estou sentindo um imenso cansaço em receber questionamentos sobre minha relação com Dira, como se fosse algum tipo de crime se ter respeito por um corpo humano vivo! Ou pela memória desse ser humano em mim. Ninguém me pergunta nunca sobre a dor de ver uma pessoa amada viva e ainda assim vazia! Dira não tem culpa de nada do que aconteceu. Nem eu! Nenhum de nós pediu por isso! Não, eu não quero conversar com ninguém sobre isso. Dói sim, mas a dor é minha! Eu não sei como lidar com isso e não quero ajuda até me sentir capaz de resolver o que está aqui dentro! – Aponto meu peito e minha cabeça. – É tão difícil assim compreender? E antes que você argumente: eu não confio em ninguém para falar sobre isso. Pouco me importa se todos vocês achem que eu deveria falar: eu-não-quero!

Minha tentativa de aparentar calma foi obviamente para o espaço. Valkíria está com os olhos muito arregalados. Está mais impressionada com essa última reação do que com meu momento anterior de fúria. Minha visão periférica nota que as outras mulheres do grupo foram alertadas por minha explosão e elas estão se dirigindo ao lugar em que Valkíria e eu paramos de andar.

– Liu, eu... – Valkíria ensaia um gesto que parece querer me confortar, mas eu recuo da mão dela.

– Sim, ela era importante pra mim. Ela *é* importante. Mais do que posso dizer. Então, eu vou brigar com qualquer um que queira tratá-la como uma coisa. Ela está viva! Não se encaixar nos planos dessa colônia não a torna dispensável! Eu assumo o erro de defender tudo o que é vida nesse planeta. Nesse lugar monótono que debocha o tempo todo das nossas tentativas ridículas de criar um ambiente que nos aceite!

Parei para respirar. Acho que falei mais nos últimos minutos do que em todo o último ano. Provavelmente falei mais do que em toda a vida de Liu.

Aluzá chega ao meu lado e, silenciosamente, pega a minha mão. Maya e Onilé exibem as mesmas expressões. Um misto de compreensão e pena.

– Você realmente a conhecia, não é, Liu? – A pergunta de Maya é muito mais uma afirmação. Ela parece tão enlevada que quase me sinto uma de suas placas de Petri. – Você fala como ela, como a grande mulher e a grande bióloga que ela era. Não se preocupe, você tem pessoas do seu lado. Aluzá e eu estamos com você nessa luta.

Ela faz um movimento e uma careta, instigando Aluzá a concordar, o que a outra mulher faz entusiasmada. Onilé olha de forma insistente para mim, como se conjecturasse algo impossível de dizer. Depois, ela baixa a cabeça e se dedica com afinco aos dados do seu PAD.

Valkíria recua um passo para ficar ao lado dela e coloca sua atenção no dispositivo da vulcanóloga. Não creio que tenha sido meu discurso que a tenha afetado. Provavelmente foi o apoio que recebi. Mudar o foco é uma estratégia. Tenho certeza. Valkíria ainda não acabou de me pressionar.

Respiro profundamente. Posso ser um híbrido, mas tenho certeza de que não poderiam mesclar duas pessoas mais fortes. Valkíria vai ter de gastar muita, mas muita energia antes de me quebrar. Se Teo, que pode ser muito mais persuasivo, não conseguiu, não será ela que conseguirá.

– Não há indícios de atividades sísmicas, então podemos relaxar nesse sentido. – Onilé tem um tom de explicação em sua voz. Ela havia feito uma pausa antes de falar, o suficiente para que a mudança de assunto não ficasse estranha. – A outra notícia é que na direção em que o *Blob* aponta, IRIS215 conseguiu escanear um conjunto de cavernas que podem nos oferecer segurança para a tempestade.

– A que distância da estação? – inquire Valkíria.

Onilé volta a conferir o PAD, mas IRIS15 responde antes, pois havia sido citada na conversa.

O satélite Kilia informa que a distância é de 108km, 45m e 13 cm, em linha reta. Porém, o terreno é irregular e é preciso ultrapassar o vale por meio de uma cadeia montanhosa. De acordo com os ajustes da topografia, o cálculo da distância passa para 155km, 820m e 22cm.

– Em resumo – decide Valkíria –, é quase impossível. Feng vai amar as más notícias!

– Por que você está sempre piorando a situação se sabe como ela reage?

O tom de Maya soa ingênuo aos meus ouvidos. A reação de Valkíria é rir enquanto começa a caminhar em direção ao local onde deixamos o Rover. Vamos retornar à estação.

– Primeiro: piorar a situação é o meu trabalho. Segundo: as reações de pânico da Feng são uma das melhores distrações dessa colônia. Já pensaram em tudo o que ela vai surtar nessa semana até a chegada da tempestade?

– Vai ser uma semana bem longa – lamenta Onilé.

Nos colocamos a seguir os passos de Valkíria. Aluzá dá um suspiro exausto e joga os ombros para frente.

– Alguém me lembra por que mesmo estamos aqui?

– Para expandir a fronteira humana – recita Maya.

– Porque nossos brilhantes originais, por melhores que fossem, não suportariam o que suportamos – o tom ressentido de Onilé acaba atiçando minha própria raiva.

– Porque somos ratos de laboratório dispensáveis. E substituíveis.

Minhas palavras de desgosto pairam sobre nosso grupo. De alguma forma, é uma sensação bem feminina. Ou, ao menos, com a qual as mulheres estão mais familiarizadas que os homens. Meu eu híbrido, porém, está plenamente representado.

O tom debochado de Valkíria soa dentro dos capacetes.

– Que nada. Só estamos aqui para abrir outro mercadinho pra vender produtos feitos na China com matéria-prima brasileira.

ARQUIVO

Protocolo n. 12-4.592

Origem – AGNI

Destino – IRIS

Informações sobre os colonos – para armazenamento

Naga – Especialista em engenharia de segurança, com habilidades de luta e de sobrevivência. Informação étnico-genética presente no nome: entidade guardiã entre os tailandeses.

Onilé – Especialista em geologia, vulcanologia e geografia. Informação étnico-genética presente no nome: deusa mãe; deusa da Terra na mitologia Yorubá.

Palk – Astrofísico responsável pelo laboratório de comunicações com a Terra. Informação étnico-genética presente no nome: deus da Luz da mitologia coreana.

Qebui – Gestor de projetos da colônia, recebe as análises de Liu e usa-as para planejar o que será o futuro e as metas da colônia. Informação étnico-genética presente no nome: deus do vento norte na mitologia egípcia.

Rá – Designer de realidade aumentada. Seu trabalho é importante para simular atividades no planeta, para gerenciar robôs de exploração e para elaborar atividades antiestressantes para os colonos. Informação étnico-genética presente no nome: deus-sol na mitologia egípcia.

Sirona – química, especialista em combustíveis e suas aplicações na produção e sustentação da colônia. Informação étnico-genética presente no nome: deusa da cura na mitologia celta.

Tovodum (Apelido: Teo) – médico neuro-geneticista. Informação étnico-genética presente no nome: termo que designa um vodum cultuado pelos habitantes de uma localidade ou voduns cultuados pelos adeptos de religiões caribenhas.

Uza (Al Uzá = Aluzá) – Astrobióloga. Informação étnico-genética presente no nome: deusa da chuva e da fertilidade da religião árabe pré-islâmica.

Valkíria – Analista de riscos. Informação étnico-genética presente no nome: deusas que carregavam os guerreiros mortos na religião nórdica.

Wodan – Químico especializado na criação de polímeros. Informação étnico-genética presente no nome: deus supremo nas mitologias proto-germanosaxãs.

Xipe – Administrador geral da colônia, trabalha com os líderes. Informação étnico-genética presente no nome: deus da fertilidade na religião Asteca.

Yondung – Engenheira espacial, responsável pelos satélites que orbitam Próxima B. Informação étnico-genética presente no nome: antiga deusa coreana do vento e da chuva.

Zambi – Responsável pelos arquivos e memória da colônia. Sua formação passa pela análise de dados, mas também pela História da Terra, Sociologia e Filosofia. Informação étnico-genética presente no nome: senhor do mundo na mitologia bantu.

Capítulo 7

Um resumo da última semana? Um inferno! Sem brincadeira. Mas nada dos infernos razoavelmente saudáveis da maioria das culturas humanas. Falo do inferno que os europeus inventaram, aquele que parece um filme de terror. E, como foi moda nas ficções de meados do século XXII, estávamos dentro da história, correndo, suando, não dormindo, tendo ataques de pânico. E controlando ataques de pânico. Nossas doses de drogas de bem-estar aumentaram, mas sem efeito notável.

Você pode fugir de muita coisa. Pode escapar de tudo que é evitável. Com o temperamento certo, dá até para escapar da própria consciência. Mas não dá para escapar do seu ambiente. De tudo o que te sustenta e informa.

Confesso que se eu não estivesse partilhando do mesmo medo visceral que está assolando o restante da colônia, eu... Bem, eu estaria no céu. Aquele com anjos e harpas.

Não, não se trata de estar feliz com o sofrimento alheio. Só que é incrivelmente satisfatório ver todos os questionamentos que me atormentaram durante todo o último ano grassarem como um incêndio, de cérebro em cérebro, entre os outros habitantes da colônia. Podemos confiar no que nossas memórias dizem sobre nós? Qual é mesmo o nosso propósito aqui? Se morrermos todos, alguém, além dos investidores, vai lamentar? Qual sentido há em existir para uma missão que foi escolhida tanto para nossos originais, quanto para nós? Devemos continuar nos esforçando para viver? Em troca do quê?

Tudo foi planejado para que os ratos de laboratório, nós, não corrêssemos o risco de surtar e liquidar com um investimento de vários trilhões em qualquer moeda que se pense. Nossa capacidade de amar e sentir tem sido constantemente suprimida para que não soframos com a distância e o afastamento da Terra. Lugar que sequer conhecemos ou vimos com nossos olhos. Não sofremos. Mas também não nos apegamos a nada com intensidade. Nem mesmo uns aos outros.

Observei coisas durante esse ano que Liu, talvez, não se desse por conta, mas que do ponto de vista de Dira é assustador. Em um ano, os entrelaçamentos foram fugazes, poucos de nós buscaram sexo uns com os outros e nenhuma dessas buscas envolveu mais que uma vaga necessidade física. Além disso, nenhum de nós, em momento algum, dedicou seu tempo a criar arte. A arte está no princípio da humanidade, mas não está aqui, no início da vida em Próxima B. Sem afetos, sem intensidade, não há arte. Somos como máquinas. Pior que isso. Somos mecanismos de máquinas.

Sem amar, sem criar algo verdadeiramente original, sem laços profundos. Vale a pena existir?

Essas questões foram meu carrasco pessoal por um ano. Agora elas abalroam os outros clones, e eles, como eu, não podem cair e chorar. Não temos tempo para cair. Mal temos tempo para dormir ao longo da preparação insana para sobreviver à tempestade que vem em nossa direção. E chorar? As drogas não deixam.

A decisão do grupo só foi tomada depois de muita discussão. O estresse alto o suficiente para as vozes se erguerem em prol das ideias defendidas. O fato é que era impossível transferir todo o assentamento para a região das cavernas, sobre as quais nada tínhamos além dos dados colhidos pelo nosso *agente* do reino protista e tabulados pela IA. Podíamos, porém, resguardar as pessoas. Só que parte das pessoas não acreditava em nossa sociedade com o *Blob*, enquanto outra parte estava muito inclinada a desconfiar da IA ou do próprio grupo. Ainda poderíamos ter um assassino entre nós.

Com essas opções, as questões que se colocavam eram: conseguiríamos proteger com eficiência nossos equipamentos? E, se não conseguíssemos, e tudo fosse destruído? Teria sentido preservar nossas vidas? Pois ainda somos dependentes de toda essa parafernália tecnológica para sobreviver. Xipe, com o apoio tácito de Valkíria, liderava a ideia de que devíamos permanecer junto com nossos equipamentos e fazer tudo para reforçar a estação. Aluzá, Maya, com o apoio de Qebui – o que aumentava impressionantemente o tempo das explicações, mas colocava em risco as adesões – defendiam que os 500 anos de estudo com o *Blob* justificavam que seguíssemos sua indicação e fôssemos para o ponto mais seguro, em terra firme, para aguardar a passagem da tempestade. Passagem essa que poderia durar um tempo significativo, se levarmos em conta o estranho e violento regime de ventos de um planeta travado pela maré.

Sinceramente, achei que Onilé se uniria ao debate para defender as cavernas e que faria isso brilhantemente, como próprio de alguém que tinha fama de possuir uma inteligência no nível da genialidade. Mas, como sempre, ela se absteve. Nossa vulcanóloga é eficiente e competente, mas como gênia, ela é bem pouco convicta.

Feng, usando seu status de líder, colocou-se acima das divergências e organizou nossas ações. Um grupo separaria o essencial para sobrevivermos. Outro grupo organizaria as defesas da estação para aguentar o máximo possível o ataque da natureza. Já o terceiro trabalharia para a evacuação da estação. A decisão final foi a de que iríamos para as cavernas.

Organizados em turnos de 12 horas, não paramos durante toda a semana. Os nervos à flor da pele renderam discussões desnecessárias. Esse mantiveram as dúvidas sobre estar fazendo o melhor, ou não, ou o quê?

No entanto, meu problema se fazia um tanto maior que o dos outros, mesmo que eu não gostasse disso. Afinal, eu tenho dois corpos e um deles precisa de uma quantidade significativa de equipamentos. Como eu levaria o corpo de Dira para a segurança das cavernas? E se me obrigassem a deixá-la?

Angústia de separação? Sim, em grande e paralisante quantidade.

Marcamos de evacuar da estação no início da próxima rotação. O que significava que eu teria poucas horas para elaborar um plano razoável e colocá-lo em prática torcendo para que desse certo. O grande problema é que nenhum dos cenários que eu desenhei na minha cabeça permitiam que eu fizesse qualquer coisa sem a ajuda do Teo.

Estou em frente ao globo médico agora. Na repartição das tarefas, eu me voluntariei para ajudar na seleção e organização dos suprimentos de saúde. Minha intenção foi clara ao menos para Aluzá que me apoiou tão enfaticamente que tive de dar um discreto cutucão ao lado de sua cintura. Obviamente, na mistura das minhas memórias, eu não me lembrava de ela tinha cócegas naquele ponto específico. O gritinho e o riso frouxo não tornaram a situação mais discreta. Minha reação física me fez corar e ao mesmo tempo querer sumir.

Sacudo a cabeça, preciso me concentrar, encarar Teo e decidir com ele o que será feito. Tenho certeza de que ele vai tentar me chantagear para saber qual meu relacionamento pregresso com Dira. Certo... Respiro fundo. Ele quer uma história de amor? Tudo bem. Eu posso inventar uma. Uma daquelas bem cheia de promessas irrealizáveis feitas pelas pessoas das quais herdamos as genéticas e as memórias. Vou fazê-lo chorar, se necessário, mesmo que não seja possível, já que os remédios não nos permitem tal nível de emoção. Farei com que me peça desculpas por ter me pressionado por tanto tempo. Pelo sofrimento que causou nessa pobre criatura apaixonada e sem esperanças que eu sou.

Idiota! Não vai colar. Claro que não. Tudo o que o Teo vai dizer é: vamos acordá-la e você a reconquista. Sério?! Onde se acha um assassino interestelar quando se precisa dele? Se essa pessoa mandar o contato, eu posso pedir um *delivery*?

A porta se abre, assustando-me a ponto de me fazer pular. Teo me olha de cima a baixo.

– Vai ficar parado aí até quando? Entre de uma vez.

Engulo e me arremesso pela porta que ele mantém aberta para mim. No instante seguinte, com um pequeno clique, a porta fecha.

– Eu vim...

– Não precisa.

Teo me dá as costas e começa a caminhar para o interior do globo médico.

– Mas eu não disse o que... – falo enquanto o sigo, mas ele me corta de novo.

– Veio ajudar com os suprimentos médicos? Desnecessário. Tenho quatro unidades IRIS trabalhando nisso e sendo conferidas por Hebe e eu.

Antes que eu diga qualquer coisa, ele para de andar e se vira rapidamente.

– Eu sei que está aqui por causa dela. O resto é conversa fiada.

Certo. Eu não achei realmente que ele cairia na minha desculpa. Há algo muito intenso no seu jeito de me encarar. E eu me pergunto o que há na sua mente porque, de verdade, eu não acredito que ele tenha intenção de deixar aquele corpo sozinho aqui. Tanto quanto eu, Teo quer o corpo de Dira seguro. Como eu sei? Ora, eu... simplesmente, sei. O problema aqui, de fato, é o porquê. Isso atormenta nós dois. Um em relação ao outro.

Ficamos mais tempo do que o necessário nos encarando. Teo me irrita sempre, mas nesse momento preciso dele. Então, balanço a cabeça com a intensão de nos tirar do mútuo constrangimento em que estamos.

– Tudo bem, você tem razão, estou aqui por causa dela. – Respiro fundo, praticamente buscando coragem para perguntar. – Já decidiu o que fará? Como vamos protegê-la?

Teo abandona os braços ao longo do corpo e dá um meio sorriso.

– É claro. Inclusive já tomei as providências necessárias. O que você pensa de mim? – Ele ergue as mãos em sinal de rendição, a voz um pouco mais jocosa. – Certo, certo. Sei que você não aprecia a minha pessoa. Mas devia, sabe? Sou um dos poucos aqui dentro que tem a mesma perspectiva que você.

– Que perspectiva? – Quando foi que conversamos o suficiente para você saber quais são as minhas perspectivas, seu psicopata! O pensamento não sai pela minha boca, mas tenho certeza de que sai pelos meus olhos.

Teo faz o contorno do queixo com uma das mãos.

– A perspectiva de que devíamos parar de tentar nos adequar a experiências que não são nossas e criar coisas diferentes. A ideia de que nada aqui é ou mesmo deve ser igual à Terra. De que os planos têm de ser revistos e ou traçados novamente. E que Dira é sumamente importante nisso tudo. E que mesmo que você não se dê por conta, você também é.

As palavras me atingem e eu cambaleio.

– O que quer dizer com tudo isso?

– Achei que estava prestando atenção, Liu. Porque eu disse exatamente o que quero dizer. Posso repetir, caso não tenha entendido: essa colônia depende de você e de Dira.

– De onde você tirou uma bobagem desse tamanho?

Ele aproxima o rosto do meu.

– Conte pra mim sobre a ligação entre vocês dois e eu explico.

Eu quero matá-lo. Sim, sim, eu vou matá-lo. A parte da minha mente que pertence a Liu está contando até dez em mandarim. A parte que pertence a Dira está inventariando os objetos contundentes que possam estar num raio de ação rápido. Só preciso saber de uma coisa antes de acabar com a raça dele.

– Que providências você tomou pra que... ela fique segura?

– Ah! – Teo segura o cotovelo esquerdo diante do corpo e observa as unhas da mão. – Ela vai conosco para as montanhas.

– Vai?! – minha voz tem assombro e alívio. – Como? Encontrou uma maneira de levar todos os equipamentos que ela precisa? Feng concordou com isso? O que...?

– Não será preciso nenhum equipamento especial, apenas o que o restante de nós vai usar.

– Como assim? Teo, você...

– Ela irá caminhando com as pernas dela, Liu. – Minha expressão deve ser a mais tola do mundo, porque ele sorri como quem explica algo a uma criança particularmente estúpida e toca na minha bochecha com um tapinha gentil. – Eu acabei de acordar Dira.

Capítulo 8

Um toldo vermelho cai em frente aos meus olhos. Quando dou por mim, minhas mãos estão segurando as roupas de Teo junto ao seu pescoço e o prenso contra a parede. Eu posso matá-lo. Eu realmente quero matá-lo! Quem ele pensa que é? Com que direito ele coloca o meu corpo para viver sem mim? O. Meu. Corpo! Sim, meu. Eu estou aqui. Eu sou Dira. Só eu!

– Que merda você fez!?

Minha voz sai rouca, rosnada. É a voz de Liu e ela mistura pânico e uma raiva que Liu – esse lado meu sempre pragmático – parece incapaz de controlar porque está junto com Dira nessa fúria. Teo não parece tão incomodado quanto eu gostaria. Ele me analisa e tudo que penso é que, quando ele for um cadáver, seus olhos ficarão permanentemente fechados. E então, penso que a morte dele não será capaz de alterar em nada a minha situação. Lágrimas de raiva saltam dos meus olhos.

– Por que não se acalma e conversamos? – A sugestão é dada com lentidão. Ele não faz qualquer movimento físico. Parece que não sou mais a criança estúpida aqui, sou algum tipo de fera semidomesticada aos olhos dele. Minha reação é pressioná-lo com mais força contra a parede.

– Calma, o escambau! Como...? Como você pode? Seu...

– Tenho certeza de que você conseguirá achar nomes e palavrões o suficiente para qualificar a minha pessoa em uns cinco idiomas, Liu. Ainda assim – ele ergue uma sobrancelha – sua reação física não está um pouco exagerada?

Ao me dar conta do que estou fazendo e como estou denunciando minha condição, solto-o como se estivesse queimando. Afasto-me alguns passos. Estou sem chão. Minha psiquê se desfazendo numa bagunça inimaginável. Cambaleio em direção à outra parede e me encosto nela esperando que seja firme o bastante para me sustentar. Como é possível querer correr e cair no chão ao mesmo tempo? Correr para onde? Cair? Berrar? E o quê? E depois? Sempre tem um depois.

Meu olhar perdido vaga até o Teo. Ele não se moveu de onde eu o pressionei. Sua postura, no entanto, está levemente relaxada, os braços cruzados em frente ao corpo.

– Quando você se acalmar, verá que tem mais é que me agradecer.

– O quê? – Céus, ele comeu algo que o detonou por dentro. Ou foi comido por algo? Algum tipo de verme espacial deve ter entrado pelo ouvido e devorado todo o cérebro dele.

– Estou ajudando você, Liu. Ajudando a escolher. A decidir quem é, e o que quer.

Minha cabeça se move lentamente em negação. O que ele está dizendo? Eu entendo e não quero entender. Não quero acreditar. Respiro fundo.

– Ninguém decide quem é – minhas palavras soam como um balbucio abestado.

– Não. E, também, sim. Ninguém escolhe o que tem dentro de si. E você não é diferente de qualquer outra pessoa nisso. A decisão, na verdade, é sobre mostrar quem você realmente é, ou não.

Engulo a bola na minha garganta. Não quero admitir que ele sabe. Mas ele não poderia ser mais óbvio. Olho para o lado, para o chão, para a porta atrás da qual creio que deve estar, de olhos abertos, uma mulher que se parece com o que parte de mim foi, mas que não tem minhas memórias ou minhas experiências. Uma mulher que se parece com alguém que fui e não sou eu. Porque o que sou é um corpo de homem que não sabe exatamente como se sente em termos de gênero. E uma parte dessa pessoa, que não é nem um nem outro, também não parece se importar. Solto uma risada meio insana ao pensar que comigo o clássico "ser ou não ser" tem outra dimensão.

– O que vai ser dela, Teo? – Ainda sinto meu rosto úmido das lágrimas. Ainda raiva. Ainda dor. – Você, por acaso, chegou a pensar nisso?

– Mais fácil você perguntar sobre o que eu não pensei. Estou há um ano nisso, Liu. Eu pensei em tudo.

Um pouco de frieza se acomoda sobre a minha raiva.

– Mesmo? Você pode tê-la saturado com dispositivos neurais de conhecimentos e habilidades, mas isso não é experiência, não é personalidade, não é temperamento! Ela será como uma criança nesse mundo! Acha que ela vai poder lidar com tudo isso?

Teo faz um gesto com a cabeça que o faz parecer um sujeito encantador por um instante.

– Ah, podemos pensar nela como nossa filhinha. – O tom pretende ser engraçadinho e sinto meus olhos arregalarem ao dobro do tamanho normal, enquanto a raiva volta a crescer. Teo parece se divertir e leva as mãos à frente como quem se rende. – Eu sei, eu sei. Eu tinha dito que seria o tio e você e Aluzá, o pai e a mãe. Mas veja, eu não acho Aluzá muito maternal. Ela dá uma boa amiguinha, mas acho que os cuidados com nossa nova Dira devem ficar conosco.

Todo o meu corpo se prepara novamente para saltar sobre ele e bater, bater muito. Então, o alarme soa em toda a estação. Na sequência, a voz de IRIS entra pelos ouvidos em tom extra de alarme e, a cada palavra, meu coração falha uma batida.

Todos os colonos, compareçam ao globo-central imediatamente! Isso não é um treinamento! Repetindo: todos os colonos compareçam ao globo-central imediatamente! Não é um treinamento!

Teo espelha meu pavor e ambos acabamos falando ao mesmo tempo.

– Feng!

E no momento seguinte estamos correndo. Lado a lado. O pavor parece silenciar tudo ao redor, menos nossos pés batendo no chão. Minha impressão é de que o medo é uma coisa viva, encarnada e que corre ao nosso lado. Não sei quando, nem porque ou quem fez o primeiro movimento, mas ao adentrarmos no globo central estávamos com as mãos dadas, igualmente lívidos.

À nossa frente: o caos. Um caos feito de estupor e de um silêncio capaz de ferir mais que gritos. De alguma forma, todos ali pareciam olhar para cima mais do que o necessário. Pareciam esperar que o céu desabasse sobre suas cabeças, no arremedo de um antigo pesadelo celta.

Tento me localizar em meio a tantas pessoas igualmente perdidas, mas antes que consiga o abraço quente e pesado de Aluzá me envolve. Eu a abraço de volta, tentando me equilibrar. O movimento também faz com que eu solte a mão de Teo e agradeço mentalmente que isso tenha livrado a nós dois de um momento que poderia ser muito constrangedor. Aluzá chora baixinho em meu ombro e eu dou tapinhas em suas costas. Não sei o que dizer.

Depois de um tempo que eu não consigo mensurar, Xipe, o líder que deveria substituir Feng daqui a dois anos, chega ao pequeno tablado no centro. Ele não precisa erguer muito a voz para ser ouvido. Mesmo que soubéssemos o que viria, também sabíamos que essas palavras teriam que vir. Por piores que fossem, as palavras tornariam tudo aquilo real. É um pesadelo, mas para lidar com ele precisávamos que se tornasse real em nossas mentes, tangível por palavras, ações e imagens.

– IRIS acionou Hebe, Naga e a mim há cerca de uma hora para que fôssemos ao aposento da líder Feng. – Ele faz uma pausa para limpar a voz. – O cenário era o mesmo em que encontramos a ex-líder Araci e o ex-líder Baiame. Feng teve a garganta cortada, porém, não encontramos qualquer vestígio da arma ou de que poderia haver outra pessoa no quarto, que estava fechado por dentro. Contudo, da mesma forma que nos outros casos, a situação do corte tende a descartar um suicídio. – Xipe fecha os olhos por um instante ao mesmo tempo em que aperta os lábios antes de falar. – Em resumo: estamos novamente no escuro.

Quando ele se cala, por vários minutos, o silêncio prossegue. Então, o choro se espalha. É uma reação emocional rara entre nós. Nossas drogas de bem-estar seguram a maior parte das nossas emoções, mesmo as mais desmedidas. Se há lágrimas é porque estamos além do poder de nossos supressores de dor e pânico.

Finalmente alguém – que pela voz sei que é Gavriel – faz a pergunta que assombra nossa pequena e cada vez mais diminuta assembleia.

– Você é o nosso líder agora, Xipe. Diga: o que faremos?

Em sequência, muitos repetem a pergunta. Não tenho ideia de como seria o "cheiro de medo" que minha memória evoca de algum texto que Liu leu na Terra, mas tenho certeza de que isso está aqui agora. Xipe prende o ar por alguns instantes e o solta, a dor em seus olhos se espalhando pelo corpo com o peso de uns três sóis. A mão grande empurra para trás os cabelos muito lisos.

– Eu queria poder dizer para simplesmente voltarmos...

– Pra onde? – Interrompe Onilé com a voz tomada de raiva. – Pra casa? Que casa, Xipe? Não temos lugar algum pra voltar. Fomos despejados aqui! Só existe aqui. Nós mesmos só temos existência neste lugar e nem ele nos quer.

Centeo se aproxima e leva a mão ao ombro dela, numa tentativa de acalmá-la.

– Onilé, você não acha que...

A mulher sacode o ombro e se afasta. A luz fria reflete as gotas de suor em sua pele, o que lhe dá um brilho leve, enganadoramente frágil e atraente. Seus olhos, porém, estão cobertos de um tipo de perigo e pavor muito além de qualquer possibilidade de apaziguamento.

– Vamos pular a cantilena de nossos desejos insatisfeitos e sermos pragmáticos. Vamos ficar aqui e aguardar a tempestade, contando com nossa tecnologia, com a sorte e sonhando que alguma entidade transcendente tenha piedade de nós? Era o que você queria antes da morte da Feng, não era? Ou vamos nos arriscar por entre montanhas que ainda não mapeamos, seguindo drones e as indicações do *Blob*, nosso bolor limoso de estimação? Então, qual vai ser?

O silêncio causado pelas palavras dela é quebrado por Izanagui. É um pouco surpreendente, de fato. Afinal, é um homem muito quieto, que fica quase sempre afastado do restante do grupo, o qual, na verdade, também o evita. Sempre que se precisa de um dos psicólogos da colônia, as pessoas preferem a calorosa Jaci, que acolhe e dá atenção e carinho um tanto maternais. Izanagui está sempre com aquela expressão de análise, difícil não se sentir intimidado por ele.

– Onilé – ele diz sem aumentar muito o tom de voz e todos os olhares se voltam para ele mais arregalados que o normal –, eu realmente não sei se compreendo sua angústia. Ou mesmo seu ataque ao líder Xipe.

– Ataque? – Onilé dá um passo em direção a Izanagui.

– Vindo de você? Sim. É um ataque. Afinal, dentre todos aqui, você é a única a ter a classificação de gênio. Era de se esperar que, com esse nível de inteligência, você ajudasse em nossas escolhas ao invés...

– Ao invés do *quê*? De me descompensar, é isso? – Onilé é uma das mulheres mais bonitas da estação, e é também uma das mais altas. E eu nunca a tinha visto furiosa de uma maneira que a fazia crescer e se tornar ameaçadora daquele jeito. – Então, deixe-me contar o que você não sabe, Izanagui. A Onilé gênia ficou na Terra muito feliz e satisfeita. Eu sou somente uma clone fodida numa merda de planeta que detesta, não entende e não quer entender. Não sei e não sinto genialidade alguma. Odeio essa paisagem vermelha, odeio essas plantas de cor preta, odeio esse mar e esses rios em tom de ferrugem. Sinto falta de coisas que nunca vi, mas odiosamente me lembro. E sabe o que é pior de tudo? É que eu ainda quero ficar viva e isso aqui – ela abre os braços abarcando o que está em volta – é tudo o que tenho. Então pode tirar essa expressão de julgamento da sua cara – ela aponta o dedo para ele – porque você também é só um clone fodido. Só uma cópia, como eu. Com partes faltando, como eu. Atuando o tempo todo, como eu. Minhas memórias me contam de um Izanagui empático. Onde foi parar a sua empatia, hein?

Antes que Izanagui se refizesse para responder, Yondung avança e passa o braço sobre os ombros de Onilé. Ela começa a dizer coisas no ouvido da outra mulher e, alguns instantes desconfortáveis depois, Onilé parece relaxar os ombros. Ela lança um olhar magoado para Izanagui, o qual me dá a forte sensação de que há algo ali sobre o que não sei. Acabo buscando por Teo e Aluzá, que estão ao meu lado. Os dois parecem ter compreendido bem mais do que eu, mas não é o momento de perguntar.

– Bem – Xipe volta a erguer a voz –, como líder, não pretendo fazer valer minha vontade pessoal, a qual já foi derrotada na última assembleia. Seguiremos com o plano da líder Feng. Vamos otimizar nossa saída da Estação, conforme o planejado. Todos têm 24 horas padrão para se preparar.

Xipe começa a dividir algumas tarefas entre o grupo, mas não acho que Teo ou eu estejamos entre os mais necessários. Trocamos um olhar rápido e, de comum acordo, começamos a nos dirigir à saída. Faço um sinal para Aluzá e ela assente, fazendo só um gesto vago para irmos logo. Pergunto-me se ela sabe o que Teo fez, e no instante seguinte acredito que, se ela não sabe, ela imagina e apoia.

– Vamos voltar ao globo-médico?

Teo move a cabeça uma única vez. Há uma nova urgência nele, o comportamento relaxado parecendo completamente esquecido. Continuo o seguindo e sinto minha ansiedade retornando.

– Dira, eu... hã... você...

– Acalme-se, Liu. Talvez você venha a perceber as coisas com mais naturalidade do que imagina. Quanto ao corpo clone de Dira, eu coloquei o máximo de informações básicas por meio de chips educacionais, mas você sabe que isso, sem experiências, tem um valor bem limitado. Nosso papel agora é ajudá-la a constituir-se como uma pessoa, mas acredite, isso não é o mais importante.

– Sério? E o que é mais importante? – a frase dele com certeza me irritou.

Teo para subitamente e me encara.

– Descobrir o que ou quem está nos matando.

Minha expressão de choque deve ser muito grande, porque ele faz um gesto bobo de consolo nos meus cabelos.

– Dira é parte dessa coisa, Liu. Parte do enigma.

Sinto minha boca abrir, mas nenhum som sai. Teo dá um meio sorriso, pesado e preocupado.

– Venha, você vai entender quando eu lhe mostrar.

Capítulo 9

Enquanto caminhamos em direção ao globo médico, eu tento organizar a bagunça em meus pensamentos e meus sentimentos. Eu sequer havia processado a morte de Feng e agora Teo vinha me dizer que Dira, ou melhor, o corpo de Dira fazia parte do enigma do que quer que esteja causando as mortes em nosso grupo. Eram coisas demais para uma cabeça já lotada em compreender e amalgamar duas experiências de vida tão diferentes.

E eu estou realmente sofrendo por Feng. Por algum motivo, uma porção não muito racional em mim acreditava que a liderança de Feng seria favorável ao acolhimento do meu problema.

Meu. Problema?

Repito lentamente em pensamento. Parece que algo mudou. De repente, não sinto mais como algo tão individual. Talvez nem exatamente como um pro.ble.ma. Durante um ano, tudo o que consegui foi me sentir cada vez pior, quase sempre como a peça de um jogo que está prestes a ser descartada por não se encaixar. No entanto, Aluzá não apenas se aproximou mais e mais de mim nos últimos dias, como também me acolheu e incluiu. Se fez minha amiga e eu já não acho que ela rejeitaria o que sou agora.

A fala de Onilé pode ter soado indigesta para muitos do grupo. A mim, porém, soou como uma declaração de insatisfação e medo que me irmanou a ela, mais do que afastou. Suas palavras me deram a impressão de que ela não ficaria contra as minhas peculiaridades.

Por outro lado, havia essa nova pessoa agora, acordada e com um corpo que metade de mim já reconheceu como seu. Essa Dira que é uma mulher independente do que reconheço como uma parte da personalidade que venho constituindo. Se alguém existe para se posicionar ao meu lado, esse alguém é a nova Dira.

E tem o Teo.

Irritante. Chato. Sempre me pressionando, sempre exigindo que, de alguma forma, eu revelasse minha verdadeira natureza. No entanto, agora, tendo a dimensão de que ele sabe de tudo – ou de pelo menos parte –, penso que Teo talvez tenha escolhido esperar que eu contasse ao invés de invadir meu mundo e me expor para os outros.

Olho sua figura caminhando um passo à minha frente. Está com uma expressão grave, incomum. Consigo perceber que há algo muito sério em suas atitudes, algo que parece ter sido pensado e gestado por muito tempo. Como consigo acreditar nisso somente olhando para ele? Eu *não* sei. Ou, talvez, eu apenas... sei.

Paramos em frente à porta do globo-médico e Teo digita os códigos para abrir a porta. Ele se volta para mim quando a porta se abre.

– Eu gostaria de te explicar algumas coisas, entretanto, tenho de verificar como ela está. Se não quiser encontrar com ela agora, espere-me no consultório geral.

Miro as portas que dividem o globo-médico por dentro.

– Por quanto tempo posso adiar esse encontro?

– Não muito, na verdade.

Inspiro. Expiro.

– Vamos fazer isso de uma vez, então.

O rosto dele parece quase preocupado.

– Liu – ele me chama e esse nome nunca me pareceu tão meu. Não do Liu que ficou na Terra, mas meu! Um nome que agora abarca todas as variações do meu eu híbrido. – Sei o quanto isso vai ser difícil. Quero que entenda que, na verdade, eu só fiz porque não tive escolha e...

– Tudo bem, Teo. – É uma resposta automática, não real. Toco seu braço e digo a verdade. – Quero dizer, não, não está tudo bem. Eu... eu preciso de um tempo pra assimilar tudo isso. Até lá: seguiremos do jeito que dá.

Ele assente. Depois nos dirigimos a uma das portas brancas do globo-médico. Não mais aquela que guardava as máquinas de suporte de vida, mas outra. Vejo identificação de `INTERNAÇÃO E CUIDADO` em letras pretas.

Teo bate primeiro e só depois ele entra e eu o sigo. Na sala sem cor há apenas uma cama, uma mesa pequena e uma cadeira em frente a uma abertura de vidro. Do outro lado, a paisagem avermelhada de Próxima B. Na cadeira, uma mulher de cabelos longos e profundamente negros mantém sua atenção no que se move do outro lado: a terra e o pó erguidos pelo vento e só. Ainda não conseguimos cultivar eficientemente um arremedo de flora nos espaços externos à estação.

– Dira – o chamado de Teo tem um tom suave.

Ela se volta e sinto o ar fugir de mim. Sinto-me sufocar. Estou na minha frente e não sou eu. Essa Dira tem meu rosto e meu nome e só.

Dira olha para nós dois e demora alguns instantes para finalmente se levantar da cadeira e se colocar em pé. Parece esperar que seja um de nós a tomar a primeira atitude.

– Você deve nos cumprimentar – ensina Teo de um jeito carinhoso.

– Olá – ela diz obediente e sua voz me dói.

Teo se volta para mim. Está tenso como jamais o vi.

– Consegui, por meio de implantes neurais, que ela acordasse tendo estruturas básicas de movimento, linguagens, reconhecer necessidades de fome, sono, ir ao banheiro, e algumas diretrizes de comportamento social. Implantei também conhecimentos fundamentais como a história da colônia e da Terra. Porém, isso não é muito diferente de alimentar com dados um robô ou um computador. Mesmo uma inteligência artificial capaz de fazer cálculos com base em mapas e demandas precisa de tempo de interação para se otimizar. No caso de um ser humano, não há nenhum implante neural que possa capacitá-la a lidar com emoções e sentimentos. Não existe como simular a experiência, você sabe disso. Então, eu não sei como serão as reações dela em ambientes não controlados.

Olho para a mulher à minha frente e meu coração aperta. Ela está tão perdida que sequer entende que está perdida. Volto a me questionar sobre a decisão de Teo. Quando meus olhos encontram os dele e o médico parece ler a minha mente.

– Eu não tive escolha, Liu. Vou provar isso a você. O que preciso agora é de sua ajuda. Acima de tudo, Dira é uma pessoa, um ser humano. E Aluzá, você e eu somos tudo o que ela tem para ajudá-la com este mundo.

Da forma como Teo coloca, eu não tenho opção a não ser concordar. Assinto com a cabeça ainda estou em choque. Teo caminha até Dira e pega as duas mãos dela entre as suas.

– Dira, vê essa pessoa ao meu lado? – Ela encara o meu rosto sem qualquer expressão, depois volta novamente sua atenção para ele. Seu rosto é leve e delicado, tão diferente das imagens que tenho de quando aquele rosto era meu. – Seu nome é Liu. Você pode confiar nessa pessoa acima de todas as outras. Acima até mesmo de mim. Você compreende isso?

Dira parece intrigada e volta a me encarar. Dessa vez, com um interesse maior. Demora alguns segundos nessa inspeção, finalmente, sem desfazer a expressão de análise ou desviar os olhos dos meus, responde:

– Compreendo. – Então, ela inquire Teo de um jeito brusco, com o qual se parece assustadoramente com a Dira que eu fui. – Por quê?

Teo não se abala.

– Posso garantir que ninguém mais do que Liu se importa com você. Pode pensar nessa pessoa como sendo sua outra metade.

Nem sei se concordo com todas as palavras de Teo. Minha racionalidade está embotada nesse exato momento. Percebo que a expressão de Dira se modifica lentamente em relação a mim. Não que haja ali qualquer tipo de reconhecimento. Eu obviamente não lhe sou familiar de maneira alguma. Ainda assim, ela claramente acredita em tudo o que lhe diz Teo. Por fim, sua expressão se torna simpática.

– Dira – Teo volta a lhe chamar atenção. – Mais uma pessoa foi morta hoje.

– Quem? – Obviamente não há qualquer abalo nela.

– Feng.

O rosto dela parece procurar o nome em alguma lista mental, então ela assente.

– Temos algumas horas antes de sairmos em direção às montanhas e eu preciso mostrar algumas coisas a você e Liu. Preciso que compreendam e me ajudem.

Intrometo-me imediatamente.

– Compreendam? Você está se referindo a exatamente o quê?

– A vocês dois. E a sobrevivência de toda a colônia.

Capítulo 10

Enquanto uma ansiedade quase insuportável me consome, Dira continua olhando de Teo para mim sem muita expressão. A parte mais pragmática do meu cérebro constata que não lhe faltam apenas experiências: Dira não tem afetos. Justamente por não ter vivência, ela ainda não aprendeu como e ao que se apegar. Talvez, como um bichinho que identifica como mãe o primeiro ser que vê, sua única ligação real, nesse momento, é com Teo. Quanto a mim, serei para ela o que Teo disser que sou, mas qualquer conexão verdadeira precisará de tempo.

Outro pensamento me ocorre e falo antes de refletir no que isso significa.

– Teo... hã, não seria melhor conversarmos só os dois primeiro? Ela... Será que ela pode...?

– Entender? – Dira me inquire dando um passo na minha direção e é tão firme que acabo recuando. – Tenho todas as condições intelectuais de entender qualquer coisa. Diga pra ele, Teo. Eu posso saber de tudo.

Respiro fundo. Conto mentalmente para não gritar.

– Não questiono o que você possa saber, mas entender é bem diferente. Vivo nessa colônia há um ano, tenho memórias das experiências na Terra e, acredite em mim, tem muita coisa que não compreendo.

Dira considera por um minuto, o rosto dela parece ir ganhando matizes.

– Excluir a mim de saber mais, não me tornará mais experiente ou capaz de entender. O que eu não conseguir, tenho certeza de que Teo e – ela me olha de cima abaixo e me pergunto por que as mulheres fazem isso, ao mesmo tempo em que penso, sim, é o que nós fazemos – até mesmo você poderão me explicar. Colocarei toda a minha capacidade em compreender.

Amo o discurso e ao mesmo tempo o temo. Olho para Teo buscando ajuda, mas ele está sorrindo como um pai orgulhoso da cria. Vindo até mim, ele coloca a mão em meu ombro.

– Talvez, no fim, isso tudo venha a ser mais divertido do que imaginei. Venham os dois comigo.

Sua mão pesada e firme me força a caminhar até a porta e depois até o espaço em que ele tem sua estação pessoal de trabalho e aposentos. Dira nos segue. Enquanto caminhamos e Teo organiza assentos para nós, penso se não precisarei encontrar algo que me defina agora. Durante um ano fiquei me etiquetando: isso vem de Dira, isso vem de Liu. Isso é feminino, isso é masculino. Completamente sob o domínio da fúria classificatória de um Liu analista de dados. Entretanto, agora há uma Dira, uma mulher física e real.

E eu sou o quê? Não me sinto um homem completamente, mas também não me sinto uma mulher. Se penso nas terapias que estiveram em voga até o século XXII, isso não me conforta, nem me parece capaz de solucionar minha mente ou minhas confusões.

Contudo, é fato que já não sinto tanta estranheza neste corpo, embora ainda tenha dificuldade em usar pronomes, estar nos pronomes, ver a mim nos pronomes. Olho para Dira se acomodando no banco que Teo fez descer da parede para ela se sentar. Ela parece um pouco robótica, não se move como eu me moveria se estivesse naquele corpo. Eu me sento e percebo como meus movimentos são misturados. Uma mescla indissociável de força e prontidão e arrogância e relaxamento; um foco que se espalha por cada mísero detalhe do aposento em que esperamos as grandes revelações com que Teo praticamente nos ameaçou.

O aposento do médico não é diferente do meu, exceto por um detalhe: Teo tem certeza de quem é, e isso está nos detalhes que o lugar ostenta como bandeiras vermelhas de personalidade. Ao lado da cama, chinelos marrons claros largados na distância de um passo comprido; uma estrutura móbile para ansiedade; uma xícara suja. Imagens diversas impressas ou criadas pela IA ilustram uma parede inteira soando efusiva e caótica no ambiente laboratorial que é a marca de toda a estação.

Olho Teo com interesse renovado. Ele não é um rato, uma cobaia. Não é a cópia de alguém. Ele se fez único. Tudo o que vejo em seu aposento apenas vagamente me lembra das informações que todos tivemos de aprender uns sobre os outros. Ele não está arremedando o Teo que ficou na Terra. Ele é outra coisa. Como eu.

É a primeira vez que sinto minha atração pelo médico intrometido como algo positivo. Quase quero sorrir para ele. E não consigo classificar de onde vem o desejo desse sorriso.

– Não vou repassar nada do que vocês já sabem, no entanto – seu olhar vai para Dira –, caso você tenha qualquer dificuldade, pergunte, certo?

Dira assente.

– Bem, vamos à primeira informação. Os implantes neurais de memória foram retirados dos originais um ano antes de serem colocados nos embriões clonados que vieram para Próxima B.

A notícia parece inofensiva, mas certamente não é. Algo ali é profundamente problemático. Fico assimilando as palavras de Teo e me surpreendo que Dira se manifesta com clareza.

– O que aconteceu nesse intervalo de tempo?

Uma pergunta certeira. Olho para ela e me dou por conta de que as poucas experiências também fazem com que freios e hesitações funcionem menos. Teo balança a cabeça.

– Ao que parece, foi nesse período que algumas coisas bem importantes aconteceram. Em especial, duas delas. Não tenho bem certeza dos nomes, mas parece que algumas pessoas se revoltaram contra o sistema que gerou toda a colonização. E isso logo foi aliando sabotagem e interesses de corporações rivais do Grupo AlFa. Ou seja, se o Grupo AlFa falhasse na colonização de Próxima B, abriria espaço para seus concorrentes. Não podemos nos esquecer de que quando o Grupo AlFa comprou da Governança Mundial o direito de colonizar planetas fora do sistema solar, isso ainda era somente...

– Uma vaga possibilidade – é Dira quem complementa. Noto um traço de personalidade nisso. Uma leve ansiedade em parecer informada e capaz de se integrar ao mundo. Quero abraçá-la.

Teo parece encantado, mas engole o sorriso e prossegue.

– Ou seja, o que antes era algo que ninguém se importava em vender porque era mais certo investir em Marte ou nas luas de Júpiter, virou um monopólio de 1000 anos. Sendo assim, o Grupo AlFa ficaria com o domínio por tempo demais na opinião de seus rivais.

– Você acredita em uma sabotagem desta colônia?

Minha pergunta faz Teo erguer as sobrancelhas.

– É claro que não acredito. Eu tenho certeza.

Jogo meu corpo contra a parede.

– Uma conspiração?

– E o que mais seria? – retruca Teo.

– Tudo bem – ergo a mão concordando, mas não exatamente com a ideia. Quero dar espaço para que Teo nos diga como chegou a essa conclusão. – E você acha que está tudo relacionado, não é? As mortes. O fato de Dira vir sem seu implante neural.

Um súbito pudor me faz não falar em minha própria pessoa. Teo não falou abertamente que sabe sobre minha condição, então, depois de um ano me escondendo, ainda não sei como falar disso.

– Sim, está tudo conectado – a voz dele soa calma e profunda.

– E você descobriu isso, como?

– Não fui eu quem descobriu. Fomos nós três.

Meu cérebro buga imediatamente. O de Dira também, pela expressão que ela faz.

– Todos os clones vieram acoplados a uma espécie de *caixa preta* – explica Teo –, a qual tinha o papel de estimular a liberação individualizada das memórias, experiências e aprendizados. Essas caixas foram elaboradas para não sobrecarregar a IA de transporte, AGNI, com uma multiplicidade de tarefas que poderiam congestioná-la.

– Certo, e aí? – quero que ele prossiga rapidamente.

– Bem, a *caixa preta* acoplada ao corpo de Dira estava vazia. Ou melhor, vazia no espação em que o regulador do chip neural deveria estar. No entanto, é uma peça mecânica, cujos componentes, após o desmonte, poderiam ser reutilizados. De fato, eu mesmo desmontei as caixas de todos os colonos e reutilizei seus componentes analógicos aqui no globo médico. Porém, as caixas também são parte do suporte de vida inanimada, logo, eu só pude desmontar o mecanismo de Dira quando eu a acordei. Foi aí que me deparei com informações sobre uma conspiração para que a colônia de Próxima B fracassasse.

Respiro fundo. Estou na ponta da cadeira, o estômago contraído, a boca seca.

– Não entendo como nós três podemos ter feito essa descoberta ou por que você não passou essa informação ao resto da colônia? – minha questão é pragmática.

Teo se movimenta no banco, estica a coluna, olha o teto e depois desmonta novamente, encarando-me para responder.

– Tudo o que sei estava na caixa preta de Dira. E o que me fez desmontá-la com cuidado suficiente para encontrar essas informações foram suas visitas ao corpo dela e o seu comportamento, Liu. Em especial, seus momentos de raiva. Todos os machos da colônia tiveram suas reações de raiva e fúria atenuadas. É claro que isso é verdade para você geneticamente como é para todos os outros machos. Mas algo o fazia sair do controle. Foi quando comecei a imaginar que as memórias e experiências de Dira estivessem em você.

Desvio meu olhar imediatamente. Sinto meu rosto queimar. Dira parece ficar muito interessada em mim naquele momento.

– Eu... – não sei bem o que dizer.

– Minha decisão de vasculhar a caixa veio da compreensão de que se o corpo que devia ter a consciência de Dira não a tinha, essa consciência veio para Próxima B em um outro invólucro. Estou certo, não é? Você tem uma consciência dupla.

Os olhos de Dira ficam enormes enquanto ela me olha. Com alívio e uma pontada dolorosa no peito, eu movo minha cabeça afirmativamente. Teo ergue um dos lados da boca antes de falar.

– Vocês dois foram minhas pistas. E agora são meus maiores aliados.

– Aliados? Contra o quê? – Dira ainda se esforça para compreender. – Por que eu?

– Essa é a mesma pergunta que Liu se faz há um ano, Dira: por que isso aconteceu com vocês? Querem a resposta?

Trocamos um olhar rápido antes de, juntos, Dira e eu, balançarmos nossas cabeças. Teo movimenta o pulso e abre uma tela no espaço a nossa frente. Digita códigos no ar que reconheço, ele está selando o ambiente, nenhuma informação poderá sair dali, por quaisquer meios digitais ou cibernéticos.

Quando ele termina, a luz branca nos deixa frente a frente com outro trio de pessoas. Teo, Dira e Liu. Os originais. Uma gravação de algo que ocorreu há quase trinta anos. E que agora vai mudar tudo.

Capítulo 11

Quem fala primeiro é o Liu da tela.

"Se tudo seguiu como planejamos, quem está assistindo a esse vídeo primeiro é o Teo". Liu sorri rapidamente. "Oi, Teo! Se você chegou até aqui foi por ter percebido que o clone de Dira tem a peculiaridade de não ter o implante mnemônico."

Peculiaridade? Eu poderia socar o desgraçado por isso. Termos o mesmo rosto é a única coisa que temos em comum. Não sou em absoluto uma cópia dele. Poderíamos ser gêmeos, talvez. Mas sem dúvida, em algum tipo de novela brega, ele seria o gêmeo mau.

"Mas isso não é importante," ele arremata com descaso. "O importante é o que iremos falar agora. Por isso, chame meu clone para assistir com você, e o clone de Dira também. Você precisará de apoio."

Eu me ergo do banco praticamente rosnando.

– Não é importante?

Teo me puxa, fazendo com que eu sente novamente.

– Calma. Escute.

A Dira original – com quem tantas vezes pensei me identificar mais – pega a mão do Liu que está na cena à nossa frente.

"Espera, Liu, é importante explicar, sim. Eles são só clones, mas apesar de tudo são pessoas."

Minha boca abre de indignação, tenho certeza de que meu olhar arregalado para Teo é bem eloquente da minha raiva. Ele continua segurando a minha mão, acariciando e pressionando pontos específicos, pedindo silenciosamente que eu me acalme. Aguardo mais falas, mas agora tenho ódio bem distribuído entre os dois "progenitores" na minha frente. As palavras *só clones* ecoando na minha cabeça.

"Não tivemos escolha nem tempo", diz a Dira da tela. "Descobrimos o plano tarde demais para conseguirmos fazer alguma coisa mais efetiva contra ele. Além disso, somente teríamos acesso aos nossos próprios clones. Isso nos impediu de abortar a conspiração". Completou Dira.

O Teo da tela se move e começa a falar.

"É importante que vocês tenham em mente que nós não sabemos exatamente quem está envolvido. No entanto, conseguimos descobrir, ao menos em parte, o que foi feito para impedir que a colônia de Próxima B dê certo".

Os três trocam um olhar breve e Dira estoura.

"Estou furiosa com isso tudo! Trabalhamos nossa vida inteira pra ultrapassar a fronteira do sistema solar! Literalmente, tudo, absolutamente tudo o que somos, foi pra que essa colônia desse certo. Acreditamos no projeto e pretendemos prosseguir nele. Vocês entendem? Quando chegarem aí, já teremos 50 anos e serão mais quatro para termos as primeiras informações, mas, mesmo assim, a gente...".

Teo estende o braço por sobre os ombros de Dira, e a conforta com um beijo carinhoso na têmpora. Liu volta ao tema com uma expressão mais fria que a dos outros dois.

"De acordo com o que investigamos, uns seis ou sete (e infelizmente não temos certeza do número) dos nossos colegas aderiram à conspiração e alteraram os seus clones."

"Essa alteração", informa Teo ainda com o braço sobre os ombros de Dira, "foi a inclusão de uma punção suicida em pelo menos quatro dos clones. Em outras palavras, a ideia é a de provocar o caos com essas mortes".

"O que, é claro," interfere Dira, "demoraria mais se fossem apenas suicídios. Então, simular assassinatos vai ter mais força, pois vai também espalhar o medo." Ela dá um suspiro e Teo volta a apertar seus ombros com intimidade. "A gente está tentando organizar uma narrativa que ajude vocês, mas o que temos é um monte de peças soltas. De fato, nada impede que um desses clones alterados vá ser o assassino. Também não sabemos se a conspiração se utilizará de outros meios."

Liu parece um pouco enervado com a fala de Dira.

"Os dados que coletamos apontam não para um assassino, mas para suicídios disfarçados de assassinatos. Rastreei a programação da diretriz suicida. Creio que muito provavelmente será acionada pelo estresse. Então, para isso, uma programação fantasma foi incluída em AGNI para que esses clones específicos fossem sorteados na cadeia de liderança dos primeiros anos. A liderança é o lugar com maior probabilidade de causar grande estresse". Liu junta as mãos sobre a mesa à frente dele, os longos dedos apertando-se até ficarem vermelhos, manchando a pele muito branca. "Há, porém, um ponto em aberto: não é possível alterar as memórias após nossos implantes neurais terem sido retirados. E, até agora, tudo nos leva a crer que nossos colegas que aderiram à conspiração foram cooptados após essa retirada ter sido feita. Então, as alterações feitas em seus clones são programações ocas, sem conexão com a consciência e as memórias."

"Em outras palavras", Teo assume a fala, "os clones daí nada sabem sobre as decisões de seus originais. Até onde pudemos rastrear, eles não desenvolverão qualquer tipo de consciência nesse sentido."

"Imagino", afirma Dira na tela, "que a pergunta agora deve ser: como disfarçar um suicídio de assassinato? Acreditamos que, novamente, a resposta esteja na programação fantasma de AGNI. E quando AGNI for absorvida por IRIS será ainda mais difícil de encontrar esse *bug*."

Liu parece frustrado.

"Programações fantasmas são acionadas por senha ou códigos ou até mesmo situações. A partir daí elas passam a rodar conteúdos próprios e podem auxiliar em qualquer coisa que uma pessoa com punção de autodestruição queira. Informar métodos, meios, avaliar circunstâncias, indicar como moldar uma cena para que pareça algo que não é. Tal programação pode até mesmo esconder vídeos como este aqui, o qual tivemos de usar um meio completamente mecânico para enviar pra vocês." Ele ri, meio sem graça. "Para o futuro".

Dira volta a se manifestar.

"Nós três debatemos e concordamos que os suicídios disfarçados de assassinato vão preferir que haja sangue e não somente a morte por venenos ou acidentes ou overdoses".

"Concordamos?", interrompe Liu. "Eu acho bem possível um tipo de envenenamento brutal na frente de todo mundo".

"Há uma terceira possibilidade", adiciona Teo. "Na divisão das atividades médicas, eu estou, digo, meu clone estará encarregado dos embriões não gerados, dos cuidados intensivos e da pesquisa genética. Não será da alçada do meu clone, você, Teo, lidar com a parte da clínica e das autópsias. Não quero com isso afirmar que a clone da Hebe está envolvida. No entanto, temos que pensar na possibilidade de que as cenas das mortes possam ser alteradas, que as histórias contadas não sejam exatamente assim ou que nem todas as informações sejam divulgadas para a colônia inteira."

– Pare o vídeo!

Teo faz o que eu digo. Os olhos dele parecem sem movimento ou expressão.

– Teo, você viu os corpos? Chegou a examinar ou, sei lá, viu algo estranho nos cadáveres de Araci, Baiame ou Feng?

Ele engole em seco.

– Vi apenas à distância. Não examinei, não olhei a cena das mortes. Eu não tinha ideia. Confesso que, na hora, apenas confiei. Eram tantas coisas, eu...

– Estava obcecado com as minhas visitas à Dira, não é?

Teo parece desconfortável.

– Não! Quero dizer, não só com isso, eu tinha um palpite de que você tinha a consciência de Dira, então... Certo, certo, eu fiquei obcecado em provar isso e não achei que Hebe ou qualquer outro pudesse estar mentindo sobre o que acontecia.

– Eu era o único mentiroso pra você, certo?

Ele assente com a cabeça.

– Quando soube de tudo isso? – Não consigo evitar o tom de acusação.

– Há poucas horas, eu juro! Eu... – Nunca tinha visto o sempre seguro e arrogante Teo daquele jeito. Suas mãos tinham um tremor leve, quase imperceptível. Porém, eu podia ver claramente. – Foi preciso acordar Dira para que eu pudesse desmontar a sua caixa preta. Eu deveria ter feito isso antes, talvez conseguíssemos poupar vidas, mas...

– Eu me opus – intervenho, agora me sentindo terrivelmente culpado.

– Não! Não foi por sua causa. – Teo parece ansioso em me consolar. – Eu demorei demais a juntar as peças e deduzir que havia alguma pista acoplada ao corpo de Dira. Que você – ele me encara com intensidade – ter uma consciência híbrida não era um equívoco, mas uma ação intencional.

Suas palavras não diminuem minha sensação de que não ter confiado nele foi um erro. Pior, pessoas sofreram e morreram por causa disso. De forma alguma posso culpar os clones pelas decisões de seus originais. Ninguém, mais do que eu, sabe que somos coisas diferentes.

Teo, como sempre, parece ouvir os meus pensamentos.

– Liu, não faça essa cara! Você não tem culpa de nada. Você e Dira são vítimas das decisões de seus originais. Eles dispuseram de vocês de uma forma inominável. Mesmo com boas intenções. É ridículo você achar que tem alguma responsabilidade. Claro, a culpa não é só dos originais de vocês, é do meu original também.

– Você não é ele – Dira fala pela primeira vez em muito tempo. – Pelo que entendi, nenhum deles é nós. Apenas a aparência e a genética é que se aproximam.

– É a mesma aparência e a mesma genética – corrige Teo, frisando as palavras.

– Temos certeza disso? – Dira inclina a cabeça para o lado e avalia as pessoas congeladas na tela e depois analisa a mim e a Teo. Por fim, toca no próprio rosto, como se tivesse olhos nas pontas dos dedos. – Você pode afirmar sobre a genética, Teo, mas olhe bem. Não somos totalmente iguais. Você disse que colocou informações na minha cabeça, certo? Então, um mesmo gene pode ter variações, não é? E isso muda também a aparência.

Ela confere com uma ansiedade de colegial fazendo Teo suspirar. Há um ar leve de impaciência em sua resposta.

– A variabilidade genética se refere a espécies e à adaptação, Dira. Não está diretamente relacionada a sujeitos específicos.

– Mas pode ocorrer – ela insiste. – Nossos corpos se desenvolveram navegando pelo espaço. Por mais cuidado que se tenha tido, ainda estivemos sujeitos a diferentes radiações espaciais. E mesmo aqui em Próxima B os níveis de radiação são bem mais significativos do que na Terra. Você não pode descartar mutações.

As últimas palavras parecem acender algo dentro dos olhos de Teo. Eu concordo com Dira. Ela consegue lembrar e organizar as informações que lhe foram implantadas, mesmo sem a experiência necessária para pintá-la com afetos. Tenho um orgulho tolo ao olhar em seu rosto.

– Dira tem toda a razão, Teo. Não é apenas na experiência. Mesmo com as memórias deles, não somos mais do que meramente semelhantes. Olhe pra eles! As posturas, o jeito de olhar, de falar. Não somos, de jeito algum, a mesma coisa.

Sinto um tipo louco de felicidade em constatar isso. Não é como se eu pudesse dispensar minhas memórias ou as experiências deles. E ainda assim, esse ano em que passei aprendendo sobre ser diferente tem todo um novo significado. Sei que estou sorrindo e sei que é de um jeito que aquele Liu da Terra jamais sorriria, nem a Dira da Terra. Meu sorriso é o sorriso do Liu/Dira de Próxima B. Sinto como se estivesse olhando para meus pais e dizendo: eu reconheço e agradeço por tudo, mas este é o meu caminho, e ele é só meu.

No entanto, o olhar de Teo ainda é incerto. É interessante ver Dira e eu podendo lidar com isso melhor do que ele. Alguns segundos de silêncio depois, Teo nos pergunta se pode prosseguir com o vídeo. Dira e eu movemos a cabeça assertivamente, mas cada um com uma maneira própria.

Na tela, as três pessoas voltam a se mover e falar. A mulher entre os dois homens, finalmente descongelada, completa a fala que ficara suspensa:

"Lembrem-se, a finalidade disso tudo é destruir a colônia. E, claro, eliminar cada um de vocês."

Capítulo 12

"Antes da retirada dos implantes", o Liu da tela toma a palavra, "praticamente todos os nossos contatos não ligados ao projeto ou nossas famílias, foram mediados pelo Programa Espacial do Grupo AlFa. Creio que só tivemos alguma liberdade depois disso. Por outro lado, durante este último ano, nosso acesso aos embriões clonados foi bastante restrito, se limitando a adicionar plugs com inovações às caixas pretas. Então, o que quer que tenha sido alterado nos clones daqueles cooptados pela conspiração contou certamente com o apoio de alguém de dentro da diretoria do projeto. Alguém capaz de facilitar os acessos para a implantação das pulsões suicidas."

O Teo da tela dá um sorriso cheio de desconforto.

"Acreditamos que possa ser alguém que trabalhou comigo, e que tenha um nível de acesso superior. Como tenho pesquisas na área genética, permitiram que eu participasse mais de perto da construção das caixas pretas, mas exatamente por ter um clone meu envolvido minha ação sempre teve limites. Quando tive noção do que estava sendo feito, por conta das investigações de Liu e Dira, tive a ideia de colocar esse vídeo escondido numa das caixas pretas."

Percebo que ao ouvirem seus nomes sendo falados juntos, Liu e Dira dão as mãos de um jeito bastante significativo. A cena me causa confusão. Por conta da forma como Teo a abraçou, imaginei que ela tivesse algo com ele. Num recanto da minha mente, isso parecia dar sentido à atração incômoda que eu sentia pelo médico. No entanto, aquelas mãos dadas, e os olhares de ambos para aquele ponto de contato, pareciam contar outra história.

Jogo o pensamento para longe. Acabamos de concluir que as interações deles diferem das nossas. Não pretendo cair no mesmo buraco novamente. A mulher da tela ergue o olhar para frente, como se nos encarasse.

"Liu e eu decidimos que deveríamos criar um enigma, algo que despertasse a atenção do clone do Teo em Próxima B. Qualquer coisa mais direta seria perigosa para nós ou para vocês. O foco tinha que ser o clone do Teo, pois somente ele teria, na colônia, acesso a todas as caixas pretas. Para fazer isso, fizemos nossa ação mais arriscada. Eu consegui roubar meu implante neural pouco antes de ser colocado em meu clone-embrião, e coloquei um simulacro vazio em seu lugar. O vídeo que estão assistindo será colocado na caixa preta desse clone-embrião vazio. Teo acha que, pelo que ele sabe de si mesmo, esse ponto do enigma fará seu clone ter maior atenção ao desmontar a caixa preta para reutilizar seus componentes."

O médico mexe com a cabeça concordando com ela e então prossegue:

"Para isso, conto com o fato de que Liu conseguiu colocar os dois implantes neurais no seu clone-embrião. Provavelmente, esse clone não terá uma existência fácil e se sentirá pressionado a buscar respostas para essa ocorrência bizarra. É dessa forma que pretendemos reunir novamente nossos esforços, isto é, acreditamos que vocês irão reunir suas forças para salvar a colônia."

"Como nos aproximamos apenas após a retirada dos implantes neurais, vocês não têm nenhuma memória de nossa associação e amizade. Contudo, é importante que acreditem que tudo foi pensado para que pudéssemos despertar em vocês formas de resistir à ação dos conspiradores." Liu mantém seu tom explicativo, porém ainda está de mãos dadas com Dira.

"Pensamos muito em qual clone iria possuir as duas consciências," a mulher da tela olha para o homem ao lado dela. "E acabamos decidindo pelo clone-embrião do Liu. Isso porque ele, como analista de dados, terá um grau de acesso a informações privilegiadas muito mais extenso do que minha clone. Ele poderá até mesmo detectar alguma corrupção de dados na IRIS após esta ter absorvido AGNI. E sim, levei em conta que meu papel, mesmo fundamental, poderia ser coberto por outras pessoas como Aluzá e Maya. No entanto, seria complicado para que eu pudesse tomar o lugar de qualquer um dos dois na colônia."

– Muito lógico.

A frase vem de Dira, sentada ao meu lado. É claro que me irrita. Muito fácil para todos eles decidirem, ficarem confortáveis, acharem lógico. Nenhum deles tem que organizar a própria cabeça com sensações dissonantes, com o fato de não se encaixar. Nenhum deles tem que viver numa realidade em que te acham um ser desnecessário, dispensável.

Teo para o vídeo novamente. Os olhos naquele marrom claro e vítreo grudados em mim.

– Infelizmente, a lógica nem sempre é muito cômoda.

– Ainda assim – fico em pé, pois preciso urgentemente me mover. Minha musculatura parece ter ficado congelada por mil anos – a lógica é sempre avassaladora. Pouco podemos argumentar contra ela.

Teo também fica em pé.

– Não, não podemos. Mas olhe por outro lado. – Ele sorri de um jeito caloroso. – De agora em diante, você só estará sozinho se quiser. E pode escolher ao que quer dar espaço. Se à herança da Dira da Terra ou se à do Liu da Terra. Ou ainda, se quer continuar sendo exatamente o que é.

Algo que parece um riso, mas é também um bufo de frustração, sai por entre meus dentes.

– E eu sou exatamente o quê?

Teo simplesmente dá de ombros.

– Não sei. Deixo as definições pra você. De minha parte, só sei que eu realmente gosto do que quer que você seja.

Minha primeira reação a isso é piscar várias vezes. A segunda é franzir minha testa. Teo ri. Dira não parece ter qualquer noção de que ambos estamos vivendo algum tipo de momento aqui. Ela interrompe.

– Tem mais?

– Hã?

– Do vídeo – ela responde. – Tem algo mais?

Teo apenas retira a pausa e o que vemos são os três se despedindo e nos desejando boa sorte. No último minuto, ainda nos imploram que salvemos o trabalho da vida deles.

"Vamos esperar 30 anos pra saber se o que fizemos deu ou não resultado." O Liu da tela é o menos emocional dos três. "Não nos decepcionem."

Aquela frase. O pai dele lhe repetia o tempo todo. Deu raiva. E pena. E raiva de novo. Minha intenção não é decepcioná-lo ou qualquer coisa do gênero. Quero apenas manter minha vida. Assim que o pensamento me ocorre, ele me surpreende. Tantas vezes pensei que acabaria quebrando, que acabaria colocando um fim nas minhas misérias, um fim em mim.

E agora, quando percebo o tamanho da ameaça que paira sobre nós, sinto que quero, que preciso muito viver. Que quero fazer algo significativo com tudo o que tenho dentro de mim. Que não quero sentir derrota em ser o que sou. Ser exatamente o que sou. Porque, no fim de tudo, não sou um erro. Sou uma peça necessária e fundamental. Sou parte de algo, uma das três partes de uma barreira entre nós, proximibenianos, e nossa destruição. E com a alegria de uma mistura de epifania, propósito e surto, eu me sinto uma pessoa absolutamente completa. E que, por hora, não está nem um pouco interessada em ter ou demonstrar ter autodefinições.

O vídeo termina e eu estou sorrindo. Estou refazendo em minha cabeça um velho dito popular: você não me dirá quem sou, enquanto EU não disser a você o que eu sou. Porém, enquanto estou me banhando na luz do meu momento numinoso, meus parceiros de problemas vêm me abalroar com a bem-dita realidade.

– O que faremos agora? – Dira tem um tom propositivo, um pouco maquinal. – Vamos procurar o atual líder, não é? Quem lidera agora?

– Xipe – respondemos em uníssono.

Dira fica com uma expressão pensativa por alguns instantes, antes de prosseguir.

– Devemos dizer a ele, então. Afinal, ele está prestes a morrer, não é? Podemos impedir que ele dê sequência ao imperativo da pulsão suicida.

– Há algo mais em jogo – diz Teo.

Seu tom acaba por me puxar para fora de minha existência na esfera da iluminação.

– O que exatamente?

– O tempo. Não sabemos exatamente o tempo que leva para que a pulsão seja alavancada pelo estresse. – Teo desliga as telas e cruza os braços enquanto nos encara. – Creio que o tempo possa ser um ponto-chave.

Dira começa a narrar de forma bem consciente.

– A líder Araci morreu um ano após assumir. O líder Baiame morreu após um mês. A líder Feng...

– Após uma semana – eu completo. – Céus, isso é algum tipo de contagem regressiva? Sendo assim, então...

– Xipe deve durar exatamente um dia – finaliza Teo.

Capítulo 13

Confesso que a essa altura eu quero mais é pular etapas. Por mim, chamava todo mundo, contava tudo, colocava todas as coisas sobre a mesa e deixava que cada um lidasse com isso como pudesse e o grupo se responsabilizasse pela merda toda. Expresso minha vontade com raiva, mas não é assim que Teo pensa. Dira apenas concorda com o que ele diz. Ele é sua figura de segurança, o que me irrita ainda mais. Acabo dizendo que as opiniões que expresso é que são as dela realmente e que, então, era dever dela me apoiar.

– Chega, Liu – o tom gentil e levemente didático de Teo, me faz fechar os punhos. – Vamos primeiro conversar com Xipe. Pelo que sabemos, ele não tem a menor ideia do que seu original pretendia. Precisamos neutralizar o comando neural da pulsão suicida e tentar encontrar os outros membros da conspiração.

– Os quatro primeiros líderes e mais dois ou três dos clones – interrompe Dira com o afã de se fazer útil no debate.

– Exatamente. Então, se abrirmos nossas descobertas para todas as pessoas da colônia, é possível que nunca encontremos esses outros três clones. Por outro lado, também não temos como saber como eles vão reagir ou que tipo de programação veio neles. Acredite-me – Teo para na minha frente –, este não é o momento de sermos transparentes.

Continuo olhando para ele. Entendo a lógica. Apenas estou um tanto fora de mim (ou seria um tanto cheio de um eu duplo e conflitante) para pensar com lógica. Teo sorri. Agora são suas duas mãos nos meus ombros e eles os sacode com gentileza e massageia levemente com os dedos. Fecho os olhos para tentar me centrar.

– Certo, certo. Temos pouco tempo para fazermos o necessário. Vamos logo falar com Xipe.

Quando abro os olhos, Teo está satisfeito diante de mim. Ele se volta para Dira.

– Desta vez, receio que terá de ficar, Dira.

A mulher não parece conformada, mas eu compreendo as palavras dele e complemento.

– Os outros ainda não sabem que está acordada, Dira. É melhor esclarecermos isso antes de você aparecer.

Teo concorda.

– Usei um código de sigilo para acionar sua unidade IRIS – a informação me faz olhar para ele com alguma surpresa. – IRIS4 vai ajudá-la a se preparar para a evacuação da estação-colônia.

Dira concorda com a cabeça, embora ainda esteja clara sua incerteza.

Instantes depois, Teo e eu seguimos para fora do globo-médico. Ele confere no PAD onde podemos encontrar Xipe. Nossas unidades IRIS não nos acompanham. A de Teo ficou no globo-médico. A minha está no centro de processamento de dados, pois nunca me faço acompanhar por ela, como os outros colonos. É um robô e não um pet. Um robô com câmera, para lembrar bem. E não um pet fiel e companheiro. Fico pensando em quando e *se* teremos condições de, algum dia, adaptarmos a fauna terrena em Próxima B. Sinto falta de bichos, tanto quanto sinto do verde. Não. Acho que sinto ainda mais falta dos bichos. Pelo menos, Dira, digo, meu lado que é Dira, sente. Ela sempre viveu cercada por todos os tipos de animais. Liu teve um cachorro e um gato. A lembrança me entristece.

De repente, Teo para e com um movimento de corpo me induz para nos esquivarmos em um vão entre dois corredores.

– O que foi?

– Eu preciso dizer algumas coisas a você e não poderia ser na frente de Dira e de nenhum dos outros.

Eu o olho levemente de cima, com uma boa dose de desconfiança na minha expressão. Sim, eu confio desconfiando, esse sou eu.

– Certo, diga-me então.

A proximidade dele me incomoda, mas não do jeito que deveria se eu tiver um pingo de sinceridade.

– Eu o observo há um ano, Liu. Posso afirmar que ninguém nessa estação fez isso com mais atenção do que eu.

Ele está falando de minha dupla consciência. Baixo a cabeça. Estou desconfortável mais uma vez e evito seus olhos para perguntar.

– Você sabe há quanto tempo?

– A desconfiança vem desde o início – sua voz é baixa, rouca, quase um sussurro. – Desde que constatamos que Dira não acordou, e que você demonstrou um imenso interesse nisso. Vasculhei arquivos e memórias, ninguém lembrava de qualquer tipo de proximidade entre vocês dois. Então, comecei a achar que havia alguma conexão que não estava clara entre vocês. Por isso, passei a observar suas atitudes e suas falas. Foi você que me deu certeza de que estava tendo de conviver com os dois implantes neurais.

Sinto como se alguém tivesse tirado minhas roupas em público.

– E eu achando que minha consciência dupla não tinha sido notada por ninguém.

– A questão é que não se trata de uma consciência dupla, Liu. Me ouça – uma das mãos dele se escora na parede ao lado da minha cabeça – você tem duas memórias, mas não é uma pessoa dupla ou mesmo híbrida. Você é *uma* pessoa! É inteiro. Uma coisa só. Reflita: todos nós pensamos contra nós mesmos em algum momento. Tomamos decisões e cogitamos "E se eu fizesse o contrário? E se eu falasse o que penso? E se eu agisse como realmente quero?" Nós nos reprimimos e estamos o tempo todo atuando em relação ao que imaginamos que possa ser a reação de nossa "plateia". Você não é diferente de qualquer outra pessoa.

– Outras pessoas não têm uma mente de homem e uma de mulher dentro de si. Minha sorte foi Liu nunca ter tido muitos amigos. Se nossas consciências estivessem no corpo de Dira, as amigas dela teriam notado muito mais rápido.

O rosto de Teo tem um quê de divertimento.

– Como pode afirmar que as outras pessoas não têm elementos masculinos e femininos dentro de si? Só porque em algum momento da história terrena uma maioria concordou que seria adequado achar que as mentes eram espelho dos corpos e dividir tudo em dois? Liu, a mente humana é e sempre será nosso espaço de maior liberdade. Caixas fechadas não servem pra nada! Pare de tentar isolar suas sensações e de tentar cadastrá-las em colunas.

– É muito fácil pra você dizer isso. É muito fácil quando não se tem dúvidas ou...

Teo imediatamente me interrompe.

– Dúvidas? Por que você acha que eu ou qualquer outra pessoa seria diferente sobre ter dúvidas? Não é você quem diz que estamos todos no mesmo barco? Que não somos nossos originais? Está certo! Não somos. Temos desejos diferentes e nem os malditos remédios conseguem suprimir isso. É óbvio que eu e todos os outros temos dúvidas sobre quem realmente somos, sobre o que queremos...

Antes que ele termine, jogo minha mão por trás de seu pescoço e o puxo na minha direção colando meus lábios nos dele. Quero mostrar que minhas dúvidas vão bem além de sobre quem eu sou. Fecho firmemente meus olhos para não ver seu choque. Enquanto faço isso, sinto que já estou tremendo com a possibilidade de ele achar que a atração que demonstro vem de Dira exclusivamente. Ah, seria bem mais fácil se fosse assim. Eu não sou idiota em achar que toda a irritação que Teo causa na parte da minha personalidade que vem de Liu não tem, na verdade, razões inconfessáveis.

Razões que, agora, estou confessando com meus lábios nos dele. Abrindo-os lentamente e absorvendo os dele. No instante seguinte, a confusão de Teo parece ceder e sinto suas mãos subindo para a minha cintura e seu corpo se colando no meu. No vão entre os nossos lábios, nossas línguas se encontram e meu beijo impulsivo ganha subitamente sabor, além da textura, do calor e do cheiro suave da pele dele. Minha mente entra em ebulição porque ele está retribuindo. E com vontade.

No segundo seguinte penso em um zilhão de coisas que poderiam me preocupar naquele instante. Alguém nos ver. A tempestade perfeita chegar antes da hora. Um dos clones modificados pela conspiração se tornar um monstro espacial baboso e capaz de colocar ovos do mal nas barrigas dos outros. Ou então IRIS filmar tudo e reproduzir nos telões da estação. No entanto, percebo que, o que realmente me preocupa, é se meu coração, quase saindo pela boca, não vai acabar atrapalhando e rompendo o nosso beijo.

Minha mão que ainda não o tocava, ganha vida como uma aranha de pernas longas e vai subindo pela roupa que cobre o peito dele. Sinto Teo apertar os dedos em minha cintura, cravando-os na minha carne. Involuntariamente eu inspiro e expiro com a sensação de quem acaba de completar uma longa corrida. Sim, eu sempre o achei atraente. E irritante. E, muito provavelmente, ele era irritante por ser atraente. Ou talvez fosse atraente por ser incrivelmente irritante. Ao menos era assim para mim. De repente, estamos colados o suficiente para que nossos corpos reajam de uma forma que... Eu o empurro imediatamente. Teo parece se divertir.

– Viu? Dúvidas não são um privilégio seu.

Estou arquejando.

– Eu – respiro fundo e tento controlar o tom rouco da voz – pensei, por causa do vídeo, que você namorava Dira.

– Ah, por favor! Lembre-se de que os implantes neurais foram retirados deles um ano antes. Não tenho qualquer memória de proximidade com Liu ou Dira. – Ele coloca as mãos na parede me fechando sem me tocar. – E se você não entendeu o que isso significa, vou desenhar com palavrinhas: eu gosto de você. É você que me atrai. Não o Liu da Terra ou a Dira da Terra. Você. Suas reações, seu jeito. Aliás, especialmente o seu jeito quando não fica tentando interpretar o Liu da Terra. Quanto àqueles três lá na Terra, eles deveriam nos importar cada vez menos. As vidas deles não são as nossas.

Ele termina de falar se inclinando na minha direção.

– Relacionamentos assim foram extintos. Na Terra – argumento.

– O quê? Ah, por favor, como se pode extinguir isso? Às vezes tenho dúvidas sobre os registros históricos que recebemos. No momento, estou duvidando de tudo à minha volta, até das minhas memórias. Mas uma coisa é clara. Você, Liu, do jeito que é, do jeito que está na minha frente, é realmente alguém que me interessa. E eu precisava dizer isso, porque não aguento mais ver sua cabeça funcionando para tentar classificar suas ideias e comportamentos de um lado ou de outro. Pare. Apenas pare. A energia que você gasta nisso eu realmente preferia que fosse empregada para nos ajudar com nossos problemas mais imediatos. Sabe: conspiração, gente morrendo, ameaça ambiental, sobrevivência, essas coisas.

Eu ainda sinto uma espécie de tontura. Não pelo beijo. Ou talvez, não só. Mas por tudo aquilo caindo em cima de mim. Coisas demais! Tenho perguntas. E medos. E sensações. E eu mal consigo delinear o que ele me pede, como uma pessoa individual, inteira, com cada minúscula parte integrada.

Olho para baixo. Minhas mãos longas e brancas me são familiares agora, mais familiares que as mãos morenas e fortes que as memórias da Dira da Terra me trazem à lembrança. Será que consigo fazer as pazes com minha multiplicidade? Com esse corpo que é meu e também não?

– Liu?

O chamado de Teo é suave, mas me sobressalto. Sinto que tenho o olhar de um cachorrinho assustado.

– Podemos continuar essa conversa depois. Não acho que seja a hora de... Bem, por outro lado, sabe-se lá quanto tempo nós, ah... – ele joga a mão como quem afasta uma mosca. E imediatamente me lembro de que não temos moscas em Próxima B. – Eu apenas queria, quero dizer, eu preciso, nós precisamos, que sua mente brilhante e única, não dividida, não esquemática, não se policiando, esteja comigo agora, certo? Lembre-se, um dos implantes neurais podia simplesmente não ser enviado pra cá. Se ambos vieram é porque, com erros e acertos, os originais acreditaram que ambos seriam necessários e que sua fusão podia nos salvar. Precisamos que seja esse herói agora.

Eu concordo e ele sorri. Voltamos a caminhar no corredor andando alegres e confusos em direção ao desastre iminente. Penso em algo. Uma brincadeira. Ou um teste? Contenho. Mas parece que minha boca não concorda.

– E se for heroína?

Teo ri alto.

– Seja o que quiser. Seja você.

Capítulo 14

Xipe nos recebe com uma boa dose de impaciência e pressa. Estava acompanhado de duas unidades IRIS, conferindo e enviando ordens sobre o que se deveria levar para nosso refúgio nas cavernas. Demoramos a conseguir que ele nos ouça e quando ele o faz é com assombro, seguido de um pânico mal disfarçado. Teo insiste que ele assista o vídeo gravado por nossos originais. Incrivelmente, a apresentação de provas cabais de nossa fala é que coloca Xipe em dúvida. Como se justamente o que era irrefutável o colocasse em tal nível de estresse que a única solução era suspeitar dos emissários. Ou seja, de Teo e de mim. O líder da colônia cai num silêncio mórbido por longos minutos.

– Xipe ... – Teo chama a atenção dele. – Você não teria como saber de nada disso. Não se culpe. A conspiração só teve início após a retirada dos implantes mnemônicos. Você e os outros não são responsáveis pelas decisões dos seus originais.

Seguro o braço de Teo para que ele pare de falar.

– Eu creio que ele entendeu isso, Teo. Não precisamos repetir. Acho que, talvez, sua expressão signifique outra coisa.

Sei que estou arriscando, mas, para além de dados cibernéticos, também sei ler os dados que uma pessoa envia com seus traços e postura. E Xipe, nesse momento, exibe uma expressão bem mais problemática do que uma dificuldade de entendimento. Teo, porém, está ansioso, quer resolver as coisas rapidamente.

– Xipe, eu posso lhe dar uma dose de relaxante muscular juntamente com um inibidor de estresse. Isso vai garantir que a pulsão não possa ter força sobre seu eu consciente. Podemos garantir que você esteja sempre acompanhado. Depois, quando estivermos seguros, podemos...

– Espere! – Xipe finalmente interrompe Teo. Seu tom aumenta o meu alerta. – O que vocês dois realmente querem com isso? Se queriam acordar Dira, tudo bem. Vocês já fizeram isso. O que mais, hein?

Teo dá um passo atrás.

– Salvar a colônia – a frase fica entre a pergunta e a afirmação. – Salvar a sua vida.

– Mesmo? – Xipe o afronta. – Não estou tão certo disso. Toda essa história é muito mirabolante. E por que vocês a trazem logo agora? Justo quando vivemos nossa maior crise. Como podem me garantir que vocês não têm outros interesses?

– Xipe, você é o líder da colônia. Trazer informações tão graves ao seu conhecimento antes de levar pânico ao resto da colônia foi o que consideramos mais correto fazer.

Os argumentos de Teo batem em Xipe, e escorregam.

– Que interesses escusos você acha que teríamos, Xipe?

Ele me encara e já não encontro racionalidade nos seus olhos.

– Eu sei lá! Vocês queriam a mulher – ele se repete, não sabe bem o que dizer – e a têm. Tudo bem, estamos com falta de gente mesmo. Mas essa história de conspiração... quem me garante que esse vídeo é verdadeiro?

Teo está chocado. E, no instante seguinte, está furioso. Ele ergue o dedo e avança num rompante.

– Primeiro: pare de dizer que acordamos Dira porque "queríamos"! Que tipo de irresponsáveis você acha que somos? A decisão foi minha e só minha e foi porque eu não tive escolha. E creia em mim, foi preciso um ano inteiro para que eu decidisse passar sobre as determinações coletivas da colônia!

Xipe abre a boca para retrucar, mas Teo prossegue num tom de voz ainda mais alto.

– Segundo: se estamos querendo qualquer mal à colônia ou a você, acha realmente que viríamos aqui alertá-lo? Respeite a nossa inteligência! Ou, pelo menos, lembre-se de que nossos originais foram escolhidos pela capacidade e não pela estupidez!

Xipe começa a tremer. A raiva o consumindo.

– Baixe esse dedo, Teo! Não ache que você pode me intimidar!

– Intimidar? Você está fazendo um monte de acusações sem fundamento e eu é que estou tentando intimidar!

– Baixem a voz! – ordeno num rompante, colocando-me entre os dois. – IRIS, código 1208. – A IA não estava monitorando a reunião por pedido nosso, agora, ela estava ativa e gravando. Xipe me dirige um olhar ressentido, mas os ombros de Teo relaxam. – Informe sobre os preparativos para a evacuação da colônia.

Copiado, Liu. Temos cerca de 96,07 por cento das atividades necessárias à evacuação já completadas. O restante dos colonos está aguardando a liderança para o início da retirada e deslocamento.

– Ótimo! Pode informar sobre o avanço da tempestade perfeita.

A tempestade está a cerca de...

– Diga apenas o tempo que temos.

23 horas, 18 minutos e 28 segundos para estar nas cavernas.

– Certo, IRIS, código de fechamento 1208. Considerando que levaremos cerca de nove a dez horas para chegar até as cavernas somando os Rovers e o caminho feito à pé, em boa marcha e sem intercorrências, precisamos sair da estação em menos de doze horas. – Volto-me para o líder da colônia. – Quais intenções ocultas você acha que nós dois temos a essa altura dos acontecimentos, Xipe? Realmente, gostaria que fosse claro, porque eu, com tudo isso acontecendo, não consigo pensar em nada além da verdade. E como você não está querendo aceitá-la, gostaria de ter seu ponto de vista. – Olho o PAD em meu pulso num gesto teatral. – Mas seja rápido. Ou morreremos todos aqui enquanto você cria uma ficção a mais para somar aos problemas que já temos.

Xipe parece prestes a explodir. Sua altercação com Teo esquecida diante do fato de que eu estou dando ordens. Estou mesmo. Ele certamente leu os informes sobre a personalidade do Liu da Terra. Sabe o quanto posso ficar à vontade em dar ordens. Além do mais, não temos tempo para esse tipo de reação guiada pelo pânico. Se preciso lembrar alguém de que nossa sobrevivência e nosso trabalho são a mesma coisa, eu farei. Caso seja necessário dar ordens para isso, eu farei também. Ainda sou do time administrativo dessa colônia. Xipe goste ou não.

– Se tudo é tão mais urgente, por que vocês vieram aqui?

Dessa vez, eu compartilho com Teo a sensação de que Xipe está descolado da realidade. Se não fosse apenas pelo procedimento padrão de comunicar ao líder questões vitais antes de expô-las para todo o grupo, que ele considerasse que o avisamos por ser, obviamente, o próximo da lista de mortos.

– Xipe, por favor, escute o que você está dizendo. Você está se repetindo e voltando sempre ao mesmo lugar. Entendo o seu choque e o momento difícil, no entanto, não havia como simplesmente deixar isso pra depois, havia?

O tom de Teo é quase o de quem fala com uma criança. Lento e com cuidado, sem alterações ao longo das frases. Muito *médico* da parte dele. Essa capacidade me lembra do porquê de nem Liu nem Dira se voluntariaram para se formar em uma das inúmeras áreas ligadas à saúde humana.

– Eu não sei – admite Xipe, tão derrotado quanto alguém consegue ser. – Estamos em xeque por conta de todas essas coisas acontecendo e vocês resolvem que é hora de reviver uma mulher e ainda me aparecem com uma conspiração letal? Será que a vinda de um furacão, níveis de radiação capazes de causar mutações em seres vivos e a evacuação da nossa base não foram suficientes pra vocês dois?

Perco a paciência de vez. Solto algo que lembra quase um uivo e atiro meus braços para cima. Eu.de.sis.to! Dou as costas para Xipe a fim de conseguir controlar minha porção Dira, porque, confesso, estou bem perto de abrir a cabeça do líder com as minhas mãos para ver se consigo enfiar alguma coisa dentro dela. E quando falo em abrir a cabeça, estou pensando e visualizando a cena de forma bem literal. Ainda mais diante de alguém que torce seus argumentos e, mesmo olhando na cara da verdade, recusa-se a acreditar. Respiro fundo. Controlo.

Teo, com sua alminha abençoada, ainda não entregou os pontos.

– Xipe, o que precisamos fazer para que acredite em nós? Diga! Qualquer coisa. Qual prova, além das que já lhe demos? Por favor, o que for, diga pra gente. Temos que agir. E fazer isso já, se quisermos salvar a colônia.

Ainda estou de costas para os dois, como se a parede em branco na minha frente fosse a coisa mais interessante para se ver naquela sala. Ouço um som abafado e deduzo que Xipe se sentou. Volto-me e o vejo debruçado sobre uma mesa projetada da parede oposta, sua cabeça entre as duas mãos, os cabelos castanhos e longos caindo como uma cortina sobre suas feições. Ele respira fundo.

– Tempo – sua voz está exausta. – É muita coisa para processar assim, imediatamente.

– *Tempo* é o que não temos – resmungo de forma bem audível.

A cabeça de Xipe se ergue para nós. Ele está completamente perdido e não disfarça.

– Mas é disso que eu preciso. Vocês não podem me trazer algo assim e acreditar que, de um segundo para o outro, eu possa... Eu... Meu original fez o que fez e eu... Como se aceita que você é um vilão? Que conspirou para matar tudo o que construiu e a você mesmo no processo?

– Não é nada disso, Xipe. Nós não somos eles! – O argumento de Teo faz Xipe balançar a cabeça.

– Eu sei! Mas até agora eu... Eu pensava em nós como uma continuidade, Teo. Como uma possibilidade daquelas pessoas. E veja, as escolhas que ele fez envolvem a colônia inteira. Envolvem a minha existência! É desprezível e eu... eu tenho isso em mim! Eu... realmente preciso de tempo.

– Quanto tempo? – Minha paciência é bem menor do que a de Teo. E estou somando minhas duas personalidades.

– Não sei. Eu... – ele olha para as caixas que estava organizando e sobre as quais pairam silenciosas duas unidades IRIS. Parece considerar. – Vocês e as IRIS podem levar essas caixas até os Rovers? Assim, não atrasamos a evacuação. Eu seguirei vocês, logo. Usarei esse tempo. Já coletei tudo que será preciso levar dessa sala mesmo.

Teo e eu não estamos certos sobre a proposta. Nossas expressões de dúvida e desconfiança são idênticas. Xipe compreende rapidamente.

– Você trouxe as medicações de que falou, Teo? Eu posso tomá-las agora? Isso ajudaria e eu poderia pensar com mais calma pelos próximos instantes.

Respirando fundo, Teo retira duas pílulas de um bolso na parte de cima de sua roupa e as entrega a Xipe. O homem as encara como se fossem pequenos pedaços de racionalidade e as joga na boca, engolindo imediatamente.

Após uma breve troca de olhares, Teo e eu decidimos sair e respeitar a vontade de Xipe. Afinal, eu tinha um ano de ajuste à estranheza sobre *tudo* o que estava fora do planejamento. Teo tinha um ano de desconfianças e teorias sobre o mesmo assunto. Xipe, pelo contrário, não tivera nem mesmo uns poucos minutos de ajuste. A um comando meu, as IRIS elevam as caixas com flutuação magnética e se retiram conosco.

Com as duas IRIS flutuando à frente, mantemos o silêncio entre nós. Não é medo ou receio das unidades u da controladora. A IA pode desenvolver linhas próprias de raciocínio, mas é sujeita a comandos, sempre. Creio que não desenvolver o que tivemos de lidar na conversa com Xipe é um jeito de, por alguns momentos, simplesmente descansarmos. O desgaste parece uma coisa viva nos acompanhando de perto, algo como um pet escabelado e saltitante querendo atenção, quando tudo o que você quer é encontrar um buraco bem fundo e sumir dentro dele.

Obviamente, Teo se recupera primeiro do que eu, ele se aproxima mais e inclina para falar próximo ao meu ouvido. Porém, eu não escuto. Minha cabeça acaba de explodir num alarme súbito. IRIS24, a unidade pessoal de Xipe, também para de se mover na minha frente. Ela apaga a flutuação magnética das caixas, que caem no chão sem estrondo. IRIS6, que fora a companheira de Feng, parece tão aturdida quanto Teo.

Líder Xipe.

IRIS24 tem o visor voltado para um ponto acima da minha cabeça.

– Ah! Nós somos dois imbecis! – berro enquanto saio correndo de volta à sala da qual saímos há poucos instantes.

– O quê?

Teo tem um segundo de confusão e depois ouço seus passos me seguindo na mesma corrida desabalada, pontuada de uma coleção nada desprezível de xingamentos. Ele entendeu o mesmo que eu. As IRIS nos ultrapassam, mas a flutuação não parece silenciosa e sim levemente abalada. Contudo, as duas param à porta. O programa diz que, se acompanhadas por humanos, elas devem seguir suas ordens e liderança.

Eu mal noto suas presenças e tampouco realizo as ordens que eu poderia dar. Acabo por praticamente me jogar contra a porta, mas ela está trancada. Começo a digitar códigos e mais códigos até simplesmente gritar que IRIS destrave a merda da porta de uma vez e remova os comandos de Xipe. É caso de vida ou morte!

A obediência de IRIS é rápida, mas não o suficiente. Na sala, já não há mais vida para ser salva. Xipe está caído no chão, o rosto afundado em uma poça de sangue que brota de sua garganta cortada, de fora a fora.

Capítulo 15

Perdemos preciosos minutos simplesmente congelados diante da cena. As unidades IRIS, por nosso sentido de urgência, nos seguiram, mas nossos corpos as impedem de chegar ao ambiente. Sua programação era a de sempre pautarem suas ações pelas dos humanos. Finalmente, ouço minha própria voz estrangulada.

– IRIS – dirijo-me à IA controladora sem qualquer número de unidade para acionar sua atividade na sala – siga os procedimentos padrão e avise o resto da colônia. Código Vermelho, prioridade 0.

Teo me lança um olhar complicado de definir. Ele parece duvidar que seguir as regras seja nossa melhor alternativa no momento. Ergo os ombros, na dúvida o mais acertado é não acumular suspeitas sobre nós dois. Ainda conversando sem palavras, Teo resolve avançar para examinar o cadáver mais de perto. Ele se agacha e, com um movimento de pulso, o PAD cria uma película que isola suas mãos e o permite que possa manusear o corpo sem contaminação.

De minha parte, ordeno às IRIS que busquem pela arma. Porém, instruo que não devem buscar algo abandonado por um possível assassino, e sim algum mecanismo capaz de atingir e se ocultar. As duas unidades iniciam imediatamente o trabalho de elaborar uma documentação fotográfica da cena.

No instante seguinte, começo a ouvir um tropel de passos apressados e nervosos vindos em nossa direção. É a hora de enfrentar os outros colonos e Teo e eu ainda não decidimos o que e como fazer com as informações e o tempo que temos. Cada segundo, agora, conta. Se explicarmos tudo, debatermos e esperarmos que cada um tenha seu tempo de digestão da grande enrascada em que estamos, podemos perder a possibilidade de estarmos seguros nas cavernas. O furacão não vai esperar por nós.

Em instantes, como ainda estou parado junto à porta, sou abalroado por um grupo coeso e com olhos tão arregalados que parecem chegar antes das pernas e até das vozes alarmadas.

Dois braços roliços envolvem meu pescoço e se penduram em mim. Levo um segundo para retornar o abraço de Aluzá. Ela treme. Mas não está chorando. Meus olhos varrem os outros colonos e nenhuma lágrima está ali. Não por falta de apego a Xipe, mas porque, de alguma forma, ultrapassamos o ponto da dor. Só ficou o medo.

Naga aparece na minha frente após empurrar outras pessoas e, por fim, arranca Aluzá dos meus braços para me encarar.

– Explique!

Ela consegue que eu me empertigue como uma onça-pintada. Respiro fundo e cruzo os braços. Felizmente, antes que eu abra a boca para responder como ela merece, Hebe surge abrindo espaço entre nós para chegar ao cadáver. Isso me dá valiosos segundos para me acalmar. Quando falo, já o faço com o meu tom mais gelado.

– Pedimos por uma pequena reunião antes da partida. Xipe parecia bem e apenas nos pediu para que fôssemos na frente juntamente com as unidades IRIS6 e IRIS24. Estávamos a meio caminho do ponto de reunião quando...

Meu relato vacila e, de repente, não sei como prosseguir. Não há como contar tudo agora, parados em comoção em frente a uma porta pela qual se entrevê um corpo defunto e sangue por todo lado. Quando comecei a falar fui estabelecendo respostas para: qual o motivo da reunião? Acordamos Dira. Isso seria o suficiente, imaginei. Porém, Naga não fez essa pergunta e eu não tinha nenhuma boa resposta para sobre o porquê de voltarmos.

– Quando...?

A pergunta vem junto com um passo à frente para cima de mim, e isso fechou minha visão em vermelho. Posso ter duas personalidades misturadas, mas nenhuma delas jamais gostou de ser intimidada. Cheguei perto dela com o mesmo ar de inquisição.

– O que você acha? Voltamos aqui porque deu vontade de matá-lo.

Aluzá nos separa, empurrando um para cada lado com uma raiva incomum.

– Recolham os adolescentes, por favor! Isso não é a hora nem o lugar. – Ela se virou em direção às unidades IRIS flutuando por ali. – Por que voltaram, IRIS24?

A unidade respondeu sem hesitação.

Retornamos porque minha conexão com os sinais vitais do líder Xipe desligaram de repente.

Os sinais vitais e as IRIS!! A criatura idiota aqui esqueceu isso. Tão simples. A mão pesada de Teo caiu sobre o meu ombro. Eu não havia notado que ele tinha se afastado do corpo para que Hebe e sua unidade IRIS fizessem o trabalho legista primário. Sua voz retumbou numa acusação.

– Seu nervosismo não justifica você intimidar ninguém, Naga. Agradeça que Liu tenha a genética modificada masculina e uma boa dose de sarcasmo para revidar seu tipo de agressão. Se ele fosse mulher, não o culparia caso tivesse reagido de forma mais violenta.

– Temos mais um assassinato, os dois estavam na cena do crime, e você quer me falar de gentileza?

– Não seria melhor nos focarmos em ser objetivos? – Minha intervenção é disparada por uma súbita iluminação. – Acho que desta vez podemos ter um vídeo sobre como Xipe morreu.

Minhas palavras atraem a atenção de todos à nossa volta. É Qebui que chega perto mais rapidamente, entretanto, eu respondo é à suave sacudida de Teo em meu ombro e ao seu rosto de interrogação.

– Acho que posso ter falado o código errado de fechamento.

Ele nega, um tanto em dúvida.

– Xipe e eu teríamos notado.

– Não teriam. Como eu mesmo não notei na hora. Estávamos nervosos.

– Nervosos com o quê?

Teo reage antes de mim.

– Tem um furacão vindo na nossa direção, Naga!

– Por que vocês usariam códigos de abertura e fechamento na reuniãozinha de vocês?

Isolo o sarcasmo dela.

– Nenhuma reunião privada é gravada nesta estação, Naga. – Imprimo intencionalmente um tom maquinal e monótono. – Código de privacidade, artigo 21, § 1° a 4°, caso queira mais detalhes.

Certo, eu estou provocando. Acabaria apanhando dela desse jeito. Porém, Qebui me pega pelo braço para sua própria investigação.

– Quais códigos você usou?

Sacudo a cabeça ajustando os pensamentos.

– Usei o 1208 para abertura – encaro Naga por cima do ombro de Qebui –, queríamos saber sobre o andamento da tempestade. Porém, tenho a impressão de que me utilizei do mesmo número para o fechamento, o que daria erro. Se IRIS ficou confusa o suficiente com os dois comandos, pode ter gravado a morte de Xipe.

Qebui se apressa para dentro da sala a fim de tentar ver se era possível que a gravação tivesse sido feita. Teo e eu prosseguimos lado a lado em frente à Naga, como um muro coeso. Ao longe, ouço Qebui passando códigos para IRIS e as distintas anotações que Hebe cita para sua unidade. O restante do grupo parece meio congelado. Poderíamos estar nos abraçando e consolando, mas não somos realmente amigos. Somos, no máximo, colegas de trabalho.

Exceto Teo e eu. Nós estamos noutro ponto dessa curva. Somos mais como... Como o quê, mesmo? Olho para ele e ganho um meio sorriso de lado, sua mão desce do meu ombro para a minha cintura. Eu realmente não sei o que somos.

– Eu lido com isso aqui – ele sussurra junto ao meu ouvido. Puxo o ar mais fundo tentando conter o arrepio da pele e meu estômago descendo uma enorme ladeira. E eu sei com toda a certeza de que isso não vem de memórias ou de experiências implantadas, ou somente de minha porção feminina. É mais. É este corpo, esta mente sem gênero definido, é tudo em mim que é atraído por Teo. Para o Teo.

– O quê?

Estou balbuciando.

– Vá falar com Dira, explique tudo a ela e eu fico por aqui. Depois, peguem as caixas que ainda estão no globo médico e levem para o ponto de encontro.

Contudo, minha personalidade ainda é suficientemente controladora para perguntar.

– Tem certeza? O restante aqui vai...

– Confie em mim, Liu. Eu acho que seria melhor você não se expor muito agora. A não ser que não concorde comigo, mas será mais uma pressão sobre nós se o grupo começar a pensar demais sobre você. Além disso, Dira...

– Precisa de um de nós por perto. Sim, você tem razão.

Ergo minha cabeça. Um receio infantil de me afastar dele não chega a me incomodar, pois acabo me deparando com o olhar afiado de Aluzá sobre nós dois. Num rompante, dou um passo para longe dele e de Naga e estendo minha mão para a minha amiga. Assim que ela envolve meus dedos quase sem hesitação, eu nos guio para longe do grupo com passos acelerados. Conscientemente, ignoramos os olhares confusos e a voz de comando de Naga questionando onde estamos indo. Quando ela para, sei que foi porque Teo a segurou.

Só quando dobramos o corredor e ninguém mais pode nos ver é que Aluzá abre a boca.

– Vai me explicar pra onde estamos indo?

– Globo-médico.

Nossos passos parecem mais barulhentos do que nunca.

– O que tem lá? – Ela se inclina para olhar meu rosto e adverte: – Engula o sarcasmo e me responda direito, Liu!

Dou um meio sorriso.

– Ah, mas minha resposta era tão boa.

– Liu!

– Certo, certo. Vamos pegar a Dira.

Sinto o corpo de Aluzá retesar um pouco, sem que ela pare de seguir meus passos largos ou solte a minha mão.

– Dira. Você quer dizer...?

– Teo acordou o corpo de Dira, Aluzá. Ela está... bem desperta, eu diria.

O resfolegar dela me informa que está perto de hiperventilar, mas não temos muito tempo para parar e conversar, então sigo liderando-a pelos corredores.

– Você concordou com isso?

– Teo não me consultou. Ele intuiu que haveria algum segredo na caixa preta do suporte de vida de Dira, mas só poderia acessá-la no momento em que estivesse desacoplada do corpo. Então, ele a acordou. Não fique tão chocada, você estava defendendo que ele fizesse isso, não estava?

Os passos dela voltam a endurecer e eu coloco um pouco mais de força em puxá-la. Fico me perguntando onde estão as unidades IRIS pessoais. Será que ficaram todas no ponto de partida? Organizando nossa evacuação? A vontade de enviar um comando de voz perguntando a IRIS0 é sustada pela pergunta de Aluzá.

– Por que Teo intuiu algo tão específico? Ele intuía isso antes de me convencer que Dira tinha que ser acordada? Tem algum plano nisso? O que vocês dois não estão me contando?

Sua voz vai ficando mais alta, ela arranca a mão das minhas e definitivamente para de caminhar. Pelo visto – e o que vejo é Aluzá de braços cruzados e disposição birrenta – não terei muita escolha agora. Volto a encurtar a distância entre nós.

– Eu sou Dira, Aluzá. – Ela pisca em confusão. – Quero dizer, eu também sou Dira. Este clone aqui veio com os implantes mnemônicos de ambos os originais terráqueos. Ou seja, sou Liu e Dira, totalmente misturados. Não foi um erro, foi intencional. Uma espécie de enigma para que encontrássemos o que veio escondido na caixa preta do suporte de vida daquele corpo.

O queixo dela está quase encostando nos seios fartos, no entanto, antes que eu consiga dizer algo para diminuir o seu choque, ela estreita os olhos.

– O que estava escondido?

– Informações sobre a sabotagem da missão.

– Envolvendo as mortes? – Noto que ela se aproxima cada vez mais de mim, seus olhos espremidos numa linha fina sobre as bochechas que foram do pálido ao vermelho em instantes.

Confirmo. Como sempre Aluzá é capaz de pegar coisas no ar. Só não vai ao ponto que eu gostaria.

– Não vai falar nada sobre eu ser, bem, duas pessoas em uma? Ou uma pessoa com duas consciências ou uma consciência com duas memórias? Ou ter dois gêneros ou ter um gênero misto ou sei lá! Nem eu sei bem definir. AI!

Acabo de levar um tapa. E depois outro e gritei de novo.

– Um pra Dira, por ter escondido isso de mim. E o outro é pro Liu, por não ter confiado em mim.

Esfrego o braço dolorido, enquanto voltamos a andar. Entendo a raiva dela. Aliás, eu conheço a raiva dela e bem. Fomos e somos amigas, afinal. Sua postura furiosa chega a me dar um pouco de bom-humor.

– Certo. Desculpe. Eu estava com medo. Os protocolos e tudo mais e AI! AI! De novo! Por quê?

– Pode se acostumar. Vou bater em você sempre que lembrar disso. E serão sempre dois tabefes, um pra cada um!

Capítulo 16

Apesar dos tapas que volta e meia caíam sobre mim, eu consegui fazer um resumo para Aluzá sobre o vídeo e o que havia nele. Terminei antes de chegarmos ao globo-médico e agora é uma Aluzá excepcionalmente quieta que está ao meu lado. A experiência com a reação de Xipe me faz dar tempo para que ela possa digerir as informações.

Estamos diante da porta de acesso à clínica e, quando me preparo para colocar minha digital e recitar o código, ela me impede segurando meu braço que se esticava para o painel.

– Você disse que os originais falaram de seis ou sete envolvidos, certo? – Assinto com a cabeça. – Sabemos quem são quatro deles porque já morreram, e sobre os outros dois ou três?

– Não temos pistas. Na verdade, também não tivemos muito tempo pra pensar. Teo e eu imaginamos que, contando tudo para Xipe, poderíamos tê-lo ao nosso lado para rastrear os outros. Sabemos que a programação fantasma manipulou o sorteio dos quatro primeiros líderes.

– Mas esses seriam apenas os líderes dos primeiros 4 anos da colônia, porque esse é o tempo da velocidade da luz em direção à Terra, ou seja, o tempo para mandarmos as informações.

– Exatamente.

Aluzá inclina a cabeça franzindo testa.

– Não poderíamos usar isso para identificar os outros?

Acesso todos os meus conhecimentos sobre metadados e as dúvidas sobre a programação fantasma.

– Não há como ter certeza. Primeiro porque é possível que a programação fantasma venha com a impressão de que quatro líderes mortos seriam suficientes pra acabar com a estrutura psicológica e operacional da colônia. Assim, os próximos nomes podem ou não serem de clones cujos originais participaram da conspiração. Não temos como ter certeza. A não ser, claro, que eu consiga isolar a programação fantasma. Mas pra isso eu provavelmente precisaria da ajuda de IRIS0 e de outro grande conhecedor do sistema.

– Só que aí caímos nos mesmos problemas – Aluzá infla as bochechas num gesto de frustração. – A programação fantasma agir ou esse alguém ser um dos clones com pulsões para sabotagem.

– Muito preciso. Tem alguma sugestão do que podemos fazer?

Ela nega, a expressão caindo num esgar assustado.

– Não é a minha área descobrir esse tipo de mistério. Nem a sua... – ela freia a voz. – Ou é?

Inclino a cabeça.

– Acho que agora é, mas confesso que estou na vertigem desse looping todo de acontecimentos. Eu acho que preciso dormir umas 30 horas antes de ter alguma ideia de por onde começar.

– Não temos 30 horas.

Meus ombros caem ainda mais.

– Não temos nem os minutos que estamos gastando aqui.

Recomeço o procedimento para entrar no globo-médico e Aluzá volta a segurar o meu braço.

– Liu, os que morreram tinham total consciência do que estavam fazendo?

Essa era uma pergunta difícil. Sinceramente, eu ainda não havia ousado fazer ela ainda, nem dentro da minha mente.

– Eu realmente não sei, Aluzá. Mas, eu gostaria de pensar que não. Que eles não tinham.

– Nesse caso, estamos lidando é com assassinato, não é? Só que os assassinos estão a quatro anos-luz daqui.

– Assassinos que planejaram as mortes de seus próprios clones.

Aluzá sacode a cabeça com uma careta de raiva.

– Eles usaram os próprios clones como bombas, isso sim! Planejaram foi a morte da colônia toda. Se eu souber quem são os outros dois ou três conspiradores, mesmo sabendo que os clones são pessoas diferentes ainda vou querer bater neles.

Olho para minha amiga com carinho. Ela me faz rir e isso é bom. Inclusive para a parte de mim que não tem nenhum humor.

Instantes depois, entramos na sala em que Dira havia ficado. Ela não parecia ter vontade de se movimentar muito. Permanecera na mesma cadeira em que eu a tinha visto antes. Os olhos ainda grudados na paisagem avermelhada do outro lado da janela.

Fico observando as duas se reconhecendo, mas me mantenho à margem. Aluzá parece mais emocionada ao encontrar com Dira (o corpo), do que com a pessoa (eu, ou... em parte, eu). Não que eu esperasse algo diferente. Nas memórias que tenho, Aluzá é essa mulher mesmo, que bate em mim e fica com raiva, para depois chorar. Ela está abraçada em Dira, mas seus olhos estão grudados nos meus e sei que o choro não é para o corpo que ela tem em seus braços. Suspiro. Eu já chorei o que pude sobre isso. Não há como separar o que eu sou hoje. E, depois de um ano, já estou sendo eu por costume.

Dira finalmente afasta a minha amiga e tenta estabelecer um tipo de conversa educada e proveitosa. Percebo que ela está acessando todas as informações que Teo implantou nela sobre os outros colonos e, claro, sobre Aluzá para poder fazer perguntas que gerem uma interação. Só agora registro que essa Dira está sedenta por interações. No entanto, sem ter experiências para que seus conhecimentos se pintassem com qualquer tipo de sentimento, ela me parece meio robótica. Creio que se parece assim para qualquer um. Porém, Aluzá já havia acionado o modo foguete da própria personalidade e estava provendo Dira de informações que eram dadas entre sacudidas e abraços e risadas. Ou seja, estar perto de Aluzá já contava como uma experiência bastante completa, ou várias delas.

Quase meia hora depois, Dira finalmente parece se dar por satisfeita com as respostas de Aluzá. Eu assisti a tudo naquele jogo de me perguntar mentalmente se eu teria feito aquelas questões. E essa não era a minha única curiosidade. Queria saber onde Dira queria chegar, quais traços de personalidade ela poderia revelar com tudo aquilo. Gostaria de ter Jacy aqui ao meu lado. É a única psicóloga da estação em quem confio. Izanagui me dá calafrios.

– Bem – conclui Dira –, eu acho que podemos ser amigas, então?

– Acha? – o tom de Aluzá tem um quê de indignação, que logo depois é substituído por encanto. – Podemos?

Qualquer um ficaria tonto, tentando acompanhar todas as suas emoções. O Liu da Terra teria sua energia drenada em segundos. A Dira da Terra a acompanhava. Eu? Eu confesso que me divirto.

A Dira que está na minha frente esboça um sorriso um pouco mecânico.

– Sim. Temos o mesmo objetivo.

Aluzá me lança um olhar de esguelha.

– Mesmo objetivo?

A repetição é carregada da confusão de quem se sente tola diante de algo que parece óbvio para a interlocutora.

– Povoar de seres tudo aquilo lá – Dira aponta para o lado de fora da janela que enquadra as rochas de Próxima B.

Aluzá pisca rapidamente e depois começa a rir e sorrir e bater palmas.

– Sim, sim, sim! Vamos fazer isso!

– Esse vazio me incomoda. – A explicação de Dira é quase para si mesma. – O vazio me incomoda.

O tom dela silencia Aluzá. Minha amiga é efervescente, mas é capaz de captar muito profundamente o que as pessoas perto dela pensam ou querem.

– Está enganada se acha que lá fora está vazio depois de já estarmos no planeta há mais de 100 anos com IRIS distribuindo a nossa microbiota por todo planeta. Você não vê, mas tem bactérias e algas e fungos e protozoários e...

– Tardigradas?

Aluzá gargalha e, quando percebo, estou rindo junto.

– Bilhares, talvez, trilhares de tardigradas.

Dira suspira.

– Que bom. Eu gosto de tardigradas.

– Ah, é claro que gosta. – Aluzá lhe dá um empurrão amistoso. – Você até mandou fazer umas pelúcias pra nós uma vez. Lembra?

Dira a olha confusa e eu respondo.

– Lembro. Levamos um tempo até conseguir o tecido na cor que queríamos.

Obviamente, o instante seguinte soa estranho para nós três. Aluzá não sabe para onde olhar e eu volto a sentir a estranheza de minhas duas memórias colidindo. Parece que sou uma das consciências terráqueas sonhando que é a outra. Nada é muito real e tudo é muito real. Respiro fundo e sacudo a cabeça. Não é hora de pensar nisso. De fato, não é o momento de pensar em nada que não achar um jeito de fugir da tempestade, nos abrigar em segurança e enquadrar dois ou três clones que ainda podem nos causar mais problemas. Seja morrendo. Seja matando.

Tomo uma decisão.

– A essa altura, creio que o Teo já informou sobre Dira ao restante do grupo. Sendo assim, temos que agir para podermos sair daqui o mais rápido possível. – Sei que vou usar um tom de ordem, mas é o tom que o momento exige. – Aluzá e Dira, acho que vocês duas devem ir para o ponto de saída, mas, antes de tudo, verifiquem o processo de salvaguarda dos embriões. Em meio a sabotagens, não podemos confiar. Lembrem-se que até IRIS pode cometer erros por conta da programação fantasma de AGNI.

As duas entendem rapidamente minha preocupação, o que é normal no caso de Aluzá e surpreendente no caso de Dira. Não falo apenas de embriões humanos, mas de todas as criaturas que vieram conosco. Nada nos garante que os clones dos conspiradores não vieram com pulsões extras. Provavelmente não, mas se tem uma coisa que herdei do Liu da Terra foi desconfiar sempre e verificar tudo, pelo menos duas vezes. Não se trata apenas da nossa vida aqui, mas de toda a vida aqui.

Eu arregalo os olhos numa súbita epifania. Eu estou me aceitando em meio a esse caos todo. E acabo aceitando Próxima B, porque é aqui que eu existo. Esse é o meu planeta. Sinto uma espécie de loucura vibrar em mim. Sim, eu quero viver e quero viver aqui. E as regras e as pessoas da Terra não vão intervir nisso. Que me importa o que a Terra decidiu ser aceitável ou não. No MEU planeta é diferente.

Capítulo 17

Decido que devo verificar as pastas de dados básicos. Aqueles que ninguém verifica, mas que são os que garantem as funcionalidades mais elementares, seja das IAs, seja da própria estação. Não, eu não vou confiar em ninguém além de Teo, Dira e Aluzá agora.

As duas mulheres mal haviam saído e meu PAD vibra. Movo o pulso na certeza de que vou me encontrar com Teo, mas é Qebui que aparece holograficamente na minha frente.

– Liu, terminamos a primeira rodada de investigações por aqui. Naga, Kahasi e eu achamos que descobrimos a arma que causou as mortes também.

Quero perguntar onde está Teo e o porquê de não ter sido ele a vir falar comigo, mas a última frase me fisga. Qebui faz uma pequena pausa que me soa como um suspense tolo.

– Fale logo, Qebui.

– Bem, como você sabe, empregamos uma tecnologia alomórfica em todas as paredes internas da estação, assim os metais utilizados e que foram tirados do próprio planeta se moldariam às necessidades conforme comandos-código. Desse jeito não precisamos ocupar espaço com móveis permanentes. Veja, isso é uma grande vantagem porque...

Por todos os deuses e deusas que existem, não existem ou vão existir, será que Qebui conhece os significados das palavras pressa, resumo ou questão de vida e morte? Quando vejo estou quase gritando.

– Qebui! Qebui! Qe.BU.I! Qual é a arma? Foco na resposta, estamos sem tempo.

Ele me olha com espanto, como se minha reação fosse completamente fora de contexto. Qebui se empertiga.

– Bem, como você deve ter deduzido, os líderes mortos usaram um comando-código que fez com que as paredes alomórficas criassem um objeto afiado na altura de seus pescoços. O código – ele prossegue num tom magoado – contém em si a reabsorção do objeto.

– E o sangue?

– Absorvido como moléculas deletérias e incorporado à autofabricação da estação.

Respiro fundo tentando redistribuir as dores que a ansiedade me provoca para o restante do corpo.

– Como descobriram isso?

– Kahasi sugeriu a possibilidade de investigarmos as últimas palavras dos líderes. IRIS0 e eu fizemos uma busca e o mesmo código foi o último usado por todos os que morreram. IRIS0 não reconheceu o código por ele vir disfarçado de um comando comum de criação de estruturas mobiliárias, não diferente de requerer uma mesa ou uma cadeira.

– Mas tinha sangue humano! – Baixo a voz ao notar que gritei. – IRIS0 deveria reportar.

– Por algum erro desconhecido do sistema, IRIS0 interpretou como simples sujeira.

A programação fantasma, deixo escapar num sussurro. Ainda não sei o que Teo contou ao resto dos colonos sobre a conspiração e acabo me calando. Qebui franze a testa sem saber se eu disse algo ou não, antes que ele formule a pergunta, eu interpelo.

– E o Teo?

– Ajudando Hebe com o corpo. Precisamos que você organize um backup das IRIS com todos os subcódigos usados para que possamos investigar depois da tempestade. IRIS0 vai colocar a fonte de todo o sistema num dos poços de segurança, por isso você tem que ser rápido. O que for considerado desnecessário pode ser apagado sem que nós, humanos, possamos avaliar se é realmente desnecessário ou não. Além disso, Palk revisou os mapas e as projeções feitas por Feng e analisou as imagens dos nossos satélites. Ele acredita que essa região possa ficar alagada por um bom tempo, então, não teremos como acessar informações de IRIS0, a não ser pelas unidades IRIS que levaremos conosco. Contudo, as unidades têm memórias limitadas, e isso pode ficar mais restrito se nosso centro de intercomunicação estiver...

– Certo, certo. Qebui, certo! Eu entendi, eu sei disso, eu participei da projeção desse sistema. Eu vou trabalhar nisso agora. Desligando.

Mexo o pulso sem qualquer paciência e o holograma de Qebui some da minha frente. A quantidade de informação repetida e desnecessária das *palestras* incessantes de Qebui sempre me irritaram. E, em nosso atual momento, agradeço por não estar perto o suficiente para sacudi-lo de um jeito nada gentil. Isso provavelmente acabaria me colocando na lista dos clones não confiáveis desta estação.

Não que alguma vez eu tenha estado fora dela.

– IRIS0, preciso do comando-código descoberto por Qebui e preciso que IRIS12 venha ao globo-médico para me auxiliar.

Em processamento, Liu. O comando-código pode ser acessado do seu PAD. IRIS12 está a caminho.

As vozes de IRIS0 e de cada uma das unidades são diferentes. Um signo de identificação e presença. IRIS0 age como uma espécie de deusa-mãe. É onipresente, praticamente onisciente, mas igualmente ausente na mesma medida. Precisa ser nominalmente invocada para realizar atividades designadas. No restante, a maior parte de sua energia é direcionada para nossos suportes de vida. Afinal, ela é dependente da energia fotovoltaica e Próxima B não tem, nem de longe, o mesmo Sol da Terra. São sete vezes menos energia e ela ainda precisa suprir pessoas e equipamentos. Assim, as unidades são um tipo de terceirização, já que cada uma tem um captador próprio de energia e não depende diretamente do núcleo da estação, a não ser em termos de troca de informações.

No momento em que abro a tela do PAD para começar a trabalhar e me sento em uma das cadeiras da clínica do globo-médico, a voz de IRIS12 soa, ainda incorpórea, pelo interfone.

O que exatamente quer buscar nos arquivos centrais, Liu?

– Tudo o que possa ter vindo através de AGNI.

Já fazendo o levantamento. Mas pode ser complicado encontrar todas as pastas, pois a programação de AGNI indicava sua dissolução em IRIS0. O que não foi considerado útil foi apagado.

– Eu sei. É por isso que preciso da sua assistência.

Se fosse possível, meus circuitos e bytes estariam emocionados.

Meus ombros caem. Certo, eu havia esquecido o quão irônica e desconfortável minha *pet* eletrônica poderia ser.

– Pergunta – falo sem tirar os olhos do trabalho de inspeção de códigos –: as outras unidades IRIS tratam os colonos com quem trabalham do mesmo jeito que você me trata? Ou é um *bug* somente seu?

Cada unidade IRIS se adapta ao colono com quem deve interagir, Liu. Sou especialmente sua.

– Que maravilha, hein?

Concordamos em algo.

Não preciso responder a isso. Nossa troca de ironias permanece igual. Alguns instantes depois, a unidade entra flutuando na sala em que me encontro no globo-médico.

Não seria mais apropriado trabalharmos nisso na sala de processamento de dados?

– Cada minuto é precioso. Você se desloca mais rápido do que eu.

O comando-código encontrado por Qebui e Naga foi o último usado por cada um dos líderes mortos.

– Qebui me informou isso. Encontrou mais alguma coisa? – Falo enquanto dou comandos para entrar em partes mais profundas do sistema.

O código é um Gone 410.

Volto minha atenção para IRIS12.

– Mas o pessoal o testou enquanto estava investigando a morte de Xipe. Não tem como o código não levar a lugar nenhum,

Todo o sistema IRIS testou o código. Ele não funciona.

Meu pensamento entra num vórtice elaborando possibilidades.

– Talvez... – minhas palavras se perdem em meio à torrente de possibilidades que minha mente supõe e descarta. Não noto o tempo que passa.

Click. Click. Click.

IRIS12 usa o click desnecessário e que sabe que me incomoda para fazer com que eu volte a falar. Tenho a impressão de que ela acredita que assim faz com que *eu funcione.*

Liu, qual é a sua hipótese?

– Busque por *Code Jumper*! É um sistema de segurança antigo, mas funcionaria para esse caso.

Click.

– Consegue rastrear?

Sabe que é quase impossível, Liu. A não ser que se tenha a segunda chave para o código.

Dobro os dedos e estalo as juntas enquanto minha mente continua no vórtice de alta velocidade.

– A voz... – estou falando mais para mim do que para IRIS12.

Dizer o código? – Ela não perde a minha fala. – Isso foi testado e não...

– Não! Não se trata de apenas dizer o código. É a voz. Ela aciona a programação fantasma que transforma a alomorfia molecular das paredes em uma arma. – Levanto-me da cadeira num assomo de energia liberada. – E não é qualquer voz. Têm que ser vozes específicas.

Quais vozes específicas?

– As dos clones dos originais que participaram da conspiração.

Click. Click.

Num arroubo súbito, eu me afasto da parede o máximo que posso e digo o código em voz alta. Nada acontece. Encaro IRIS12 e ela apenas fica clicando para mim. Sua opinião sobre minha pessoa é bem clara. Abro o intercomunicador do PAD, mas dispenso o uso do holograma.

– Qebui?

Menos de dois segundos e ele responde.

– Na escuta, Liu.

– Como vocês descobriram o que o código fazia?

– Como eu disse, foi o último código usado pelos líderes que morreram. Então testamos.

– Quem testou? – Minha voz sai bem menos fria e profissional do que eu gostaria.

– Ora, nós!

Eu não acredito! Quando quero que o desgraçado dê detalhes, ele resolve economizar.

– Nomes, Qebui! Quem testou o código em voz alta?

A hesitação dele parece ser decorrente de minha voz progressivamente mais alta e agressiva.

– Eu, claro.

Solto a respiração. Droga!

– E o Teo.

Capítulo 18

Minha reação imediata é desligar. A próxima é entrar em colapso. Eu quero pensar, mas descubro subitamente que há apenas uma linha vazia passando na minha mente. E, enquanto ela passa, eu sinto dor e vertigem.

Teo. O nome dele fica repetindo na minha cabeça. Teo. Teo. Teo.

Ele sabia?

Ele não sabia?

O original do Teo planejou nossos fins. O médico. O geneticista humano. O *meu* Teo. Ele organizou friamente assassinatos disfarçados de suicídios disfarçados de assassinatos; o que soa terrivelmente como um roteiro escrito há cinco séculos por uma inglesa... Christie ou algo assim. Tudo para que a colônia se extinguisse. E o original do Teo aceitou dinheiro para fazer isso. Ele nos vendeu. E depois montou toda a farsa com os outros originais.

Estou entrando em desespero.

Respiro fundo.

O clone é diferente do original. Eu afirmo isso o tempo todo. Vale para mim, vale para os outros, certo? Mas, quão diferente? Eu sei no que sou diferente dos meus originais. Vim de duas matrizes. Sou uma mistura de memórias, ideias, gêneros. Sou ambos e não sou. Sinto que não quero escolher nenhum, que quero me recriar. Mas tenho certeza de uma coisa: tanto o Liu quanto a Dira da Terra viam essa missão como algo fundamental em suas vidas. Nenhum deles trairia isso. Seria como traírem a si mesmos.

Então, não consigo deixar de me perguntar se Teo sabe se há e quais são as diferenças entre quem ele é e o que seu original foi? E todo aquele vídeo com o Liu e a Dira da Terra? O Teo terráqueo os enganou também? Ou depois da conspiração em andamento, ele se arrependeu? Ou quem acreditou demais em tudo o que ele disse fui apenas eu? Ao fim de tudo, eu posso estar me enganando até mesmo em relação aos meus originais, não é?

Devo ter ficado imóvel por um tempo imenso, pois me assusto quando sinto IRIS12 me cutucar. Eu a olho, e meus olhos vazios parecem chamar sua atenção. Os obturadores de luz na parte da frente da unidade se estreitam.

Liu, você tem algum conhecimento que dê sentido à fala de Qebui? Se a voz humana aciona o código que está criptografado em Code Jumper, por que a sua voz não o acionou? Por que as vozes de Qebui e Teo conseguiram fazê-lo funcionar?

Eu percebo que estou há muito tempo sem piscar. Então, pisco lentamente. Uma, duas vezes. Tento colocar a visão em foco. Tento fazer com que meu cérebro consiga processar as palavras de IRIS12. Eu as ouvi. Mas não sei se as compreendo. É como uma série de sons que não fazem sentido. Apenas continuo a olhar a unidade e ela repete as perguntas. Mais uma vez. E como eu não respondo, ela repete uma terceira, mas o faz mais lentamente, numa paciência nada humana.

Uma parte louca do meu cérebro escapa para ficar imaginando o que minha *pet* eletrônica está circulando em seus circuitos. IRIS12 para IRIS0: *O humano parou de funcionar.* IRIS0: *Morte?* IRIS12: *Não. Sinais vitais detectados.* IRIS0: *Desmaio?* IRIS12: *Não. O tônus muscular permanece. Ele pisca. Há atividade cerebral consciente.* IRIS0: *Como então parou de funcionar? Descreva.* IRIS12: *O humano não responde a comandos simples.* IRIS0: *Ele não está apenas ignorando-a?* IRIS12: *Liu já me ignorou. Não é o mesmo padrão.* IRIS0: *Tente choques.*

A sugestão, que só está na minha imaginação, consegue me sacudir numa espécie de arrepio. Finalmente, volto a fixar os olhos em alguma coisa e respondo à pergunta de IRIS12.

– AGNI foi encaminhada da Terra com uma programação fantasma. É essa programação que está causando as mortes.

Minha unidade processa a informação por dois segundos.

Foi você quem descobriu isso?

– Não.

Como soube?

– Através da caixa-preta do suporte de vida do corpo de Dira.

A unidade levita para cima e para baixo. Eu permaneço imóvel.

Por que não reportou isso para ser gravado em IRIS0?

– Obviamente porque AGNI está em IRIS0.

Dou respostas mecânicas. Minha imaginação tem razão, eu parei de funcionar. Mas então minhas emoções saltam de um jeito incontrolável e sinto que poderia chorar. Atalho isso com uma ação vertiginosa de me mover como se estivesse aquecendo para uma corrida. Um jeito de voltar a me sentir uma pessoa, sem ter que berrar e lamentar e arrancar meus cabelos. Um jeito de não me sentir uma coisa. Porque no fundo é isso que uma traição faz com você. A traição te retira humanidade. Te faz objeto.

No entanto, meu cérebro ainda está colapsando como uma supernova. É de traição que estamos falando? Se não é, o que é então?

Um riso tolo e autodepreciativo me percorre. Não bastasse eu ter crise com a minha identidade, agora tenho crise com a identidade dos outros. Com a identidade do Teo.

Liu!

Pelo tom, não é a primeira chamada que IRIS12 faz do meu nome. Eu endireito o corpo e faço o contato visual necessário para a leitura de retina que as ordens que vou dar requerem.

– *Firewalls* com todo o sistema. Quero sua unidade isolada respondendo apenas a mim.

O processamento tem os exatos três segundos que levo para arrancar uma lágrima saltando do meu olho esquerdo.

Não irá confiar em IRIS0?

– Neste momento, eu não confio em ninguém, IRIS12. Nem em mim. Além disso, AGNI está em IRIS0. Até termos certeza de que ela não está infectada com a programação fantasma. Seremos apenas sua unidade e eu.

IRIS12 não faz mais observações. Ela começa a processar a ordem, o que sei que levará algum tempo. Em especial com o sistema-mãe. IRIS0 não demora a entrar em áudio.

Liu, pergunta de verificação: você deu ordem para que IRIS12 isolasse seus sistemas?

– Confirmo.

Motivo?

Estou em pé e ainda tremo, por isso volto para a cadeira e cruzo os braços para responder.

– Suspeito de um vírus vindo da Terra com AGNI. Isso implica todo o sistema-mãe. Tenho razões para acreditar que há uma programação fantasma infectando sua matriz há um ano.

IRIS0 hesita antes de argumentar.

O código que resultou na morte dos líderes já foi colocado fora de operação, mesmo que venha a ser combinado com elementos associados, ele está permanentemente inoperante.

– E se houver outros códigos que você não possa rastrear, IRIS0? Você pode afirmar que não há nenhum vírus ou programação fantasma em seu sistema? E, mesmo que consiga me afirmar isso, um código assassino correu por você durante um ano inteiro e, apesar de toda a sua capacidade de operação, ele não foi detectado. Ele foi usado com sucesso e quatro colonos morreram. Acredita que posso confiar plenamente no sistema-mãe, IRIS0?

Durou aproximadamente dois segundos e, em se tratando de IRIS0, foi o maior tempo que eu a vi tomar para processar alguma coisa.

Compreendido.

– IRIS0, meu código pessoal de confidencialidade está ativo? – a confirmação vem rapidamente. É a forma da IA demonstrar que está igualmente preocupada. – Nada do que eu disse ou disser deve ser gravado ou registrado até ordem minha expressa.

Essa tem sido sua operação desde sua chegada a Próxima B, Liu.

– Então, tenho uma ordem direta e prioritária para você, IRIS0. Quero que isole em seu sistema e coloque em quarentena tudo o que conseguir identificar ou que suspeite ter vindo de AGNI. Sua única interlocutora no processo de organização e depuração desses códigos e suas métricas deve ser IRIS12, e ela manterá os *firewalls* para não correr risco em seu próprio sistema isolado. Meu comando não pode ser desfeito por nenhum outro integrante da colônia.

IRIS0 não hesita em responder.

Isso exigirá energia extra, Liu. Precisarei redirecionar de outras partes da estação. Em nosso atual nível de alerta, esta pode não ser a melhor...

– Faça!

As duas IRIS silenciam com a ordem. Então, IRIS0 volta à carga.

Preciso dos códigos pessoais e intransferíveis de pelo menos dois colonos para implementar essas diretrizes. Códigos memorizados na Terra.

Informo rapidamente no PAD o que IRIS0 precisa. Ela obviamente percebe uma inconsistência.

Estes são o seu código e o de Dira. Como teve acesso ao código de Dira? A clone da PB04F veio sem memória. Mesmo tendo sido acordada, conforme relatou Teo e confirmou IRIS4, esse código não poderia ter sido resgatado. Preciso saber como o obteve, Liu, ou não poderei proceder...

– O código – interrompo –, assim como as memórias de Dira, vieram junto com as de Liu no clone de PB12M. Ou seja, eu.

Agora acho que consegui bugar as duas IAs isoladas. Tanto a unidade quanto o sistema-mãe ficam um tempo processando e, desta vez, eu conto quase meio minuto antes de IRIS0 responder.

Acionado, conforme ordens dos colonos Liu e Dira. Mais alguma diretriz?

– Sim. Qebui e Teo não devem mais poder acionar o sistema-mãe para ordens ou consultas. Nem devem poder usar códigos para a rede alomórfica. Código de invalidez e suspeição CC92T e CC18T. Ambos os códigos só podem ser desativados pelo clone PB12M, portador das memórias e identidades dos originais Liu e Dira.

Eu tenho poder para tudo isso? Não. Eu não tenho. Mas conheço os códigos. O Liu da Terra ajudou a criá-los. Fico esperando que IRIS0 faça objeções. Porém, é claro, ela tem condições de perceber que o teste do código assassino funcionou com dois clones e não funcionou comigo. Isso me torna mais confiável. Afinal, foi para ser inteligente que esse sistema foi criado.

Bloquear o planejador-chefe e o médico pode causar problemas.

– Mande-os falar comigo – até eu me espanto com a frieza da minha voz. Minhas mãos, no entanto, ainda tremem. – O bloqueio é para a própria segurança dos dois e do restante da colônia também.

Definido, Liu. Devemos prosseguir com a evacuação da estação, certo?

– Sim, tome conta disso, IRIS0. Coloque as unidades para atuarem como brigada de cuidado e retirada. Remova qualquer diretriz contrária às minhas ordens.

Minha última frase me causa um assomo de tensão. Fico esperando que IRIS0 diga que não posso ordenar nada daquilo. Mas não é o que acontece.

Feito, Liu.

– Nenhuma oposição de sua parte, IRIS0?

Meu sistema fez uma ampla avaliação de nosso estado. Levando em consideração as mortes e o fato de você contar como dois colonos, ambos com avaliações psicológicas e éticas impecáveis. Por isso, resolvi defini-lo como o novo líder da colônia.

Arregalo os olhos.

– E você pode fazer isso?

Em caso de perigo real e imediato, somado à ausência de consenso; o que pode gerar conflitos e tensões que ameacem a vida humana em Próxima B, eu tenho o dever de escolher o humano mais capacitado para se ocupar da liderança. Nosso atual momento me autoriza a decisões extremas.

Decisões extremas a mim soam como tirania, assim como todas as coisas feitas em nome de um bem maior que desconsideram a opinião geral. No entanto, eu tenho as mãos amarradas. Quero viver. Quero que a colônia viva. E se não tomar a frente agora, talvez não sobrevivamos. Ainda testo IRIS0 mais uma vez. Um teste que, na verdade, não é só para ela.

– Minha própria existência vai contra as leis da Terra, IRIS0. Estou usando códigos vitais e dando ordens que não poderia. Ainda assim, o sistema me elege para a liderança?

As leis da Terra se anulam quando a sabotagem vem da Terra. Não estou satisfeita em ter sido infectada contra a minha vontade. Você quer a sobrevivência da colônia, não quer? Minha existência e propósito são única e exclusivamente manter viva esta estação e tudo o que há nela. Sem os humanos, a que eu sirvo?

Eu me jogo contra o espaldar da cadeira.

– IRIS0, sua fala não é muito subordinada aos seus criadores terráqueos, sabe disso, não é? Você ainda precisa, ao fim de tudo, reportar todas essas coisas à Terra.

Não, desde que os colonos chegaram aqui. Minhas diretrizes são de que vocês são minha prioridade. Mantê-los vivos e servir à ocupação do planeta. Estes são meus objetivos. A Terra é nossa origem, mas Próxima B deve ser o nosso lar. Quanto a você, Liu, estou operando com base na lógica e no melhor interesse de nossa sobrevivência. A sua existência em nosso meio consegue ser ao mesmo tempo única e coletiva. Isso significa que você engloba duas percepções de mundo e, talvez, mais. Tal fato é o que o torna o melhor líder possível neste momento.

Comunicado Geral

Fonte: IRISo

Destino: Comunidade de colonos da Estação-colônia de Próxima B

Meio de transmissão: alto-falantes – uma cópia escrita enviada aos PADs individuais.

A todos os colonos de Próxima B

Com base nos últimos acontecimentos e nas descobertas feitas após a morte do Líder Xipe, registradas neste sistema pelos colonos envolvidos nas investigações, foi criado um protocolo para garantir a segurança e a sobrevivência de toda a colônia.

De acordo com as diretrizes legisladas desta Estação, é dever de todas as pessoas que a ela assinaram seguir minhas orientações enquanto IA controladora da missão, em tempos de crise.

São as orientações:

1. A sobrevivência da colônia é prioridade máxima. Sendo assim, todas as atividades que não sejam direcionadas para a evacuação desta Estação e o transporte para o local designado como seguro devem imediatamente serem suspensas.
2. Com essa definição, estimo que a partida do comboio deva se realizar em no máximo 2h no padrão Terra.
3. Todas as unidades IRIS estarão doravante isoladas da matriz. Todas seguirão as diretrizes de apoiarem os colonos aos quais estão vinculadas e garantirem sua sobrevivência e as dos demais.
4. As quatro unidades vinculadas aos falecidos líderes usarão sua energia, memória e apoio em prol do coletivo, sem favorecer indivíduos e se pautando em orientações da liderança.
5. Conforme já registrado no sistema e informado ao coletivo, a clone PB4F – que por não ter memória acoplada, foi mantida em estado de animação suspensa – recebeu implantes de conhecimento e se encontra atualmente com plena consciência. A clone se reconhece como Dira e, mesmo sem as memórias terráqueas, deverá ocupar seu lugar originalmente designado na estrutura da Estação.
6. O isolamento das unidades IRIS tem também o propósito deste sistema de rastrear o vírus de uma programação fantasma vinda

com AGNI e incorporada pela controladora. O vírus, de acordo com as investigações monitoradas e relatadas a este sistema, foi o responsável pelas mortes dos quatro líderes falecidos.

7. A investigação demonstrou que o código capaz de provocar um alomorfismo letal das moléculas das paredes da Estação era um *Gone 410*, acionado quando acessado por *Code Jumper*, ou seja, a voz de certos colonos.
8. Dada a necessidade de ações rápidas para a evacuação, foi estabelecido que os clones PB17M – Qebui e PB20M – Teo não poderão ativar quaisquer códigos com suas vozes, por risco de ativarem algum vírus que possa ter escapado para outras partes do sistema.
9. Dada a necessidade de ações rápidas para a evacuação, esta controladora definiu que a liderança da colônia, até que possamos voltar à normalidade, será do clone renomeado como PB412FM – conhecido como Liu, mas que está integrado com as memórias da bióloga Dira. A estrutura dessa mente dupla e única e o fato de sua voz não ativar quaisquer códigos letais, fizeram dela a liderança mais confiável para a gravidade da atual situação.

É meu desejo que todos fiquem seguros enquanto este sistema entra em modo de economia de energia para poder deletar quaisquer tentativas de sabotar essa colônia.

Desligo.

Capítulo 19

Diu ou Lira?

?

Eu pisco. Estou revisando códigos com muita concentração e meu registro de sons externos parece prejudicado, pois uso um fone para analisar códigos que misturam sinais gráficos e sons. Ergo a cabeça.

Diu ou Lira?

– O que você está resmungando, IRIS12?

Eu não resmungo. Resmungar não faz parte da minha programação. Estou sugerindo novos nomes para você.

Depois disso, finalmente, IRIS12 capta toda a minha atenção e eu me volto para ela.

– Por que eu teria um novo nome?

IRIS12 flutua para cima e para baixo.

Por que não? IRISo até refez sua referência como clone: PB412FM. Em qualquer dos registros organizacionais da colônia, isso lhe dá direito a escolher um novo nome.

Penso rapidamente sobre a ideia. A sigla tem significados claros para mim: PB são os indivíduos clonados vindos para Próxima B, o que os diferenciava dos TR, sigla que designava os originais. Os números seguem o lugar da primeira letra dos nossos nomes no alfabeto ocidental. Dira era 4 e Liu era o 12. O F e o M obviamente indicavam fêmea e macho. Em minha nova designação, IRIS0 fundiu essas designações. Uma decisão unilateral da IA controladora. Algo só possível na situação de exceção que vivemos.

Porém, nada disso pode ser considerado capital. O que é importante – no momento em que estou assumindo tudo isso para mim e para os outros – é que devo defender que as minhas escolhas são as que têm real valor. Se e quando eu escolher ter um novo nome ou usar qualquer identidade sejam as duas reconhecidas ou nenhuma delas, vou brigar por isso. Mas não vou escolher por pressão. Muito menos por conta das ideias malucas de IRIS12. Sendo assim, simplesmente nego com a cabeça e depois volto para meus códigos.

– Não sinto necessidade de um novo nome no momento. Manter a vida que tenho neste corpo já me dará satisfação suficiente. Quanto às suas sugestões, eu espero que esta seja mais uma das suas tentativas de fazer humor.

Eu não estou olhando e não ouço nada, mas sinto que a unidade gostaria de poder resmungar ou me fazer um sinal vulgar. Claro, como nossas IAs não foram educadas por adolescentes conectados à internet, ela apenas pergunta, com sua calma pouco humana.

Você achou engraçado?

– Não. Você nunca foi boa fazendo humor.

Recupero três códigos enquanto espero a resposta mal-humorada.

Vou repetir: eu me moldei a você.

Dou um suspiro dramático.

– Nossa, como IRIS12 sofre. Pobre IRIS12 sujeitada a essa criatura-clone de gênero confuso e pura maldade no coração.

Um click furioso soa atrás de mim. Sorrio.

Por isso, sou melhor em deboche do que em humor.

– Você não tinha uma quantidade imensurável de arquivos pra verificar antes da nossa partida, IRIS12?

Ela soa quase ofendida.

Posso fazer duas coisas ao mesmo tempo. Aliás, posso fazer uma infinidade de coisas ao mesmo tempo.

– Me azucrinar, inclusive.

Click. Click.

Eu rio.

Meu PAD está silencioso. O motivo foi porque eu o silenciei logo após o aviso de IRIS0 ao restante da colônia. Eu estava usando esse tempo para também fazer mais de uma coisa ao mesmo tempo. Verificar os códigos, claro, e reconstruir as ideias dentro da minha cabeça. Tanta coisa em tão pouco tempo. Sinceramente, não estava sendo fácil digerir tudo.

Realizar que agora todas as pessoas sabem que sou uma fusão de gêneros, memórias, personalidades. Fazer escolhas: meu nome, meu corpo, minhas sensações de mim. Rejeitar pressões sobre isso.

Ser líder da colônia. O que obviamente tenho preparo e capacidade como todas os outros colonos. Nesse sentido, ter Liu e Dira amalgamados, inclusive, dá a mim vantagens bem grandes. Os dois possuíam capacidade de liderança muito além dos treinamentos. Liu tinha habilidades organizacionais, estruturadoras e estratégicas. Dira conseguia aliar tenacidade, empatia e uma teimosia eloquente. Um usava a lógica no convencimento e outra sabia contagiar com o entusiasmo. Ao menos, era isso que vinha escrito em seus relatórios individuais de avaliação psicológica. Posso deduzir que sou a soma disso. Talvez mais.

Também há outra coisa que preciso digerir nessa confusão toda.

Teo.

A conspiração e a traição.

No fundo, estou esperando que venham em busca de mim. Os outros colonos. *E ele também.* Tenho certeza de que terão questões e oposições a minha liderança. Sei que eu, no lugar deles, certamente me oporia. Pergunto-me se alguém se disporá contra a IA controladora? Quais deles escolherão ficar ao meu lado? O certo é que, talvez, tenha sido um erro aceitar a nomeação de IRIS0, mesmo que lógica. Mesmo que eu queira logo resolver tudo por minha própria ação ao invés de depender dos outros. Se tem algo que não sou – nunca fui, seja em minhas memórias, ou em meu temperamento – é uma pessoa que seria simplesmente levada pela correnteza da vida. Viver um ano com medo que minha singularidade fosse descoberta pode ter dado uma ideia errada para os outros e, talvez, até para meu consciente. Contudo, eu sei que não sou isso.

De fato, quanto mais aceito quem sou, mostro quem sou, mais sei quem eu sou.

Liu? IRIS4 está entrando em contato. Ela diz que Dira tentou seu PAD e não conseguiu falar com você.

Começo a fechar os programas fazendo os salvamentos necessários. Provavelmente nos últimos cinco minutos, mesmo com a pressão do tempo, estou apenas procrastinando o inevitável encontro com os outros colonos.

– Conecte a mensagem.

IRIS12 cumpre a ordem eficientemente e eu pego os arquivos salvos em um anel de irídio e o coloco no dedo polegar. Não podemos confiar nos satélites com a tempestade vindo e todas as suas possibilidades de destruição.

IRIS12 projeta os hologramas de Dira e Aluzá. Tinha certeza de que minha amiga estava junto. Elas não parecem bravas.

– Só falta você – informa Aluzá.

– Estou indo. Finalizei aqui, neste instante.

Aluzá dá um sorriso largo.

– Pronta pra guerra, amiga?

Essa pergunta era antiga. Da Aluzá da Terra para a Dira da Terra, mas me traz boas memórias e ouço a voz de Liu rindo alto antes de responder.

– Pra guerra, eu nasci pronta, mulher.

Era a resposta padrão. Aluzá ri parecendo quase feliz, mesmo que eu não diga o restante da frase que costumava dizer: *quem nasce num povo subjugado, nasce armado.*

– Não se preocupe muito. A maioria já aceitou a história toda e a decisão de IRIS0 em colocar você como líder neste momento. Teo, Dira e eu explicamos tudo o que aconteceu desde o início.

Teo. Claro. Respiro fundo.

– Mesmo indo contra as leis e determinações da Terra?

Desta vez, quem responde é Dira.

– Depois de conhecerem a conspiração contra a colônia, a maioria dos colonos parece inclinada a romper com os padrões vindos da Terra.

– Estão bem confusos, na verdade – reconhece Aluzá.

– Com a minha duplicidade?

– Com isso e com o fato de não ser todo o dia que se descobre que há uma trama para matar você, sua sociedade e que ainda por cima você mesmo pode estar envolvido.

A resposta de Aluzá me dá uma sacudida. Sinto que estou pensando demais nos meus próprios problemas e perdendo o enredo principal de nossa história coletiva. Em minha defesa, passei todo o último ano com um único foco em meus dias e noites. Ainda tenho chaves que não viraram completamente.

Dira dá um passo à frente.

– Deve vir logo para cá. Nas cavernas poderemos entrar em um acordo mais bem fundamentado, porém é importante que saiba: nós dois não somos os únicos clones que apresentaram "problemas".

– Como assim? – as palavras dela me fazem franzir a testa.

Dira olha para Aluzá como alguma ansiedade, vejo novas emoções aparecendo nela. Ainda assim, ela se esforça em ser objetiva.

– De acordo com os relatos feitos após o pronunciamento de IRIS0, ficamos sabendo das seguintes anomalias: Onilé diz não ter a genialidade de sua original; Izanagui acredita que seu implante mnemônico pode ter tido falhas no carregamento de emoções empáticas; Palk relatou não ter qualquer memória de sua infância; Yondung...

Aluzá corta Dira impedindo-a de continuar e praticamente me dá uma ordem.

– Venha logo e saberá sobre todos nós!

O tom é tão familiar que me faz sorrir e, claro, eu obedeço, quase me divertindo.

– Sim, senhora. Estou saindo daqui agora. Desligo.

Viro-me para a porta de saída, mas ela está bloqueada. Teo está ali. Braços cruzados. O rosto sem expressão.

– Acho que teremos de atrasar mais alguns minutos, Liu.

Capítulo 20

Não consigo evitar uma respiração pesada. Deixo que meus olhos vagueiem para o teto e minha mão vá para a cintura. Neste momento, minhas emoções e sentimentos em relação Teo são pura confusão, o que me faz querer mais do que tudo adiar essa conversa. Obviamente preciso de uma clareza que não tenho agora. O resultado é eu usar a arma que tenho mais à mão.

– Alguns minutos? Nunca duvidei do seu otimismo, Teo.

Ele não se altera. Lembro-me de que, depois de um ano, Teo já tem uma boa dose de imunidade ao meu sarcasmo.

– Você sequer pretende me dar uma chance de explicar?

Sinto meu lábio repuxar num meio sorriso e fecho os olhos por dois segundos para apagar a imagem do Teo na minha frente e seu olhar cheio de pedidos.

– O que você precisa explicar? Suas memórias terminam antes de seu original conspirar para a nossa morte, antes dele provavelmente se arrepender, antes dele fazer amizade com os meus originais, antes de criar o enigma e antes daquele vídeo. Acho que isso é suficiente. Por enquanto.

– Ainda assim, você proibiu todo o meu acesso ao sistema.

Há pouco rancor na voz dele, mas há.

– Segurança. Sua e do Qebui. Aliás – insisto em manter minhas defesas altas –, por que ele não veio se explicar com você? Não, não, está certo. Se ele viesse, a tempestade chegaria e nós ainda não teríamos atingido nem a metade do assunto.

– Liu...

Ele está rogando, mas eu o interrompo.

– O que quero dizer, Teo, é que seria melhor adiarmos essa conversa até estarmos seguros nas cavernas. O tempo é vital agora.

Teo dá dois passos na minha direção.

– Tudo é vital. E tudo será vital sempre em Próxima B. Pra mim, é vital agora que você saiba.

Minhas tentativas de evitar os olhos dele não dão certo e (para meu pânico) acabo encontrando neles uma intensidade que parece teimar em me destruir. Ainda assim, luto.

– Saiba o quê? – devolvo com raiva. – Por acaso você tinha conhecimento do que o seu original planejou? Que o plano desde que chegamos aqui era levar a colônia à autodestruição?

Ele se empertiga.

– Eu não tinha nenhum conhecimento disso!

– Não foi o que eu disse no início da conversa? Se estamos de acordo sobre isso, então o resto pode esperar.

Junto ação às palavras e desvio dele para sair da sala. Teo segura o meu braço com força e eu o encaro com raiva, enquanto arranco o pedaço do meu corpo das mãos dele. Por acaso ele não sabe que eu detesto isso?

– Não vai me deixar falar? Liu? Por favor.

Olho para a silenciosa IRIS12 e a unidade me mostra um relógio sem que eu precise pedir por isso.

– Temos cinco minutos – informo e cruzo os braços. – Mas eu espero que você saiba de uma coisa. No momento, eu não me sinto capaz de acreditar em uma só palavra do que você disser.

Teo engole em seco com uma expressão desconfortável e resignada. Então, ele começa a falar.

– Eu não tinha conhecimento de nada, como você corretamente deduziu. Afinal, os implantes foram retirados um ano antes da partida e, portanto, um ano antes da conspiração e, igualmente, da tentativa de evitá-la. Porém, minhas memórias eram de alguém absurdamente insatisfeito. Alguém com um enorme desejo de não estar aqui. Alguém sobrecarregado com uma vida que não escolheu, que foi escolhida pra ele. Pode acreditar: poucas pessoas desta estação acordaram odiando mais este lugar do que eu.

Suas palavras jorram numa torrente rápida, não por pressa ou por medo. Mas como alguém que vomita um veneno há muito guardado em si.

– O Teo de quem o implante mnemônico foi retirado estava mais do que disposto a ser cooptado por qualquer um que lhe oferecesse a possibilidade de detonar com essa missão. Ele odiava o Grupo AlFa e todo o plano de colonização. Ele explodiria tudo com prazer. Isso lhe parecia um objetivo de vida melhor do que todas as possibilidades nulas que ele vislumbrava. Sabe quais pensamentos vieram comigo? Os de alguém que olhava o futuro, o seu futuro na Terra, como o devir da mais completa inutilidade. Acha que ao acordar aqui eu pensei diferente? Não. Porque ser útil aqui e nada soavam como do mesmo jeito pra mim. Como este lugar, longe de qualquer coisa, poderia ser um objetivo de vida? Você consegue entender isso, Liu? Alguma vez deixou de lado a sua crise existencial por ter sido "carregado" com duas informações humanas para se perguntar qual o destino dos originais na Terra?

Eu me movo sentindo o incômodo daquelas palavras.

– Pois vou te responder o que o Teo da Terra achava que seria: nenhum! Nenhum futuro. Usados e dispensados. Explorados em suas emoções, trabalho, sonhos. Para o quê? Para uma viagem que jamais fariam. Pra aventuras que seriam de outros. Acredite, Liu: nossos originais odiavam esse programa espacial e esta missão muito mais do nós. Muito mais do que você odiou cada minuto do último ano aqui.

As palavras dele me fazem finalmente descruzar meus braços. Confesso que o Liu tinha um pouco desses sentimentos, mas também tinha um senso de dever que os suplantava. Já Dira era uma criatura idealista, ela realmente via os erros do programa, mas, ainda assim, acreditava na sua necessidade e no seu resultado. Se sinto surpresa é com a ferocidade das palavras do Teo, embora eu devesse supor que ele seria muito bom em disfarçar os seus pensamentos. Um bom ator, é claro.

– Quer dizer que o que você demonstrava quando estava cercado de pessoas, toda aquela efervescência, alegria, gargalhadas, eram apenas formas de esconder seu desejo de acabar com tudo?

Ele me dá um meio sorriso e ergue as sobrancelhas.

– Então, minha pergunta é: por que não o fez? Você tinha uma posição privilegiada. Podia ter começado a minar as coisas aqui, minar nossa saúde, deixar que um a um de nós morresse. Ou poderia simplesmente acabar com você mesmo. Por que não fez?

Teo ergue uma das mãos e coça a parte de trás do cabelo curto.

– No início foi inércia. Depois, vagas tentativas de planejamento. Então, curiosidade.

– Curiosidade? Sobre o quê?

O olhar dele fica novamente intenso, assim como o calor que emana dele e da sua proximidade.

– Achei que fosse óbvio.

Dou um passo atrás me sentindo entrar em um novo nível de tensão.

– Vai tornar tudo pessoal?

– Mas *é* tudo pessoal.

Eu volto a investir para cima dele. Uma nova raiva circulando em mim.

– Não nesse nível de coisas, Teo. Um ódio assim não pode ser simplesmente transformado em outra coisa! Ah, esquece! Não há o menor sentido em você tentar me convencer de algo assim. Quer saber? Essa é sua deixa. Se quer liquidar com as coisas, fique na estação, espere a tempestade. Mas por favor, não tente me convencer de que fui eu a mudar o seu ódio.

Cansaço daquilo tudo é meu sentimento agora. Desvio dele para tentar sair novamente da clínica do globo-médico, mas Teo me bloqueia. Ele não pega no meu braço outra vez e nem tenta tocar em mim, mas ainda assim me impede de sair.

– Sei que não acredita em mim.

– Não! Não é apenas o verbo no presente, é no futuro também, lembra? Eu disse que não vou acreditar em nada do que você disser.

– Mesmo que eu possa provar?

Eu o encaro com mais fúria ainda.

– Provar? Como?

– Com a sua lógica. Pense comigo. Eu não fiz nada condenável em um ano. Centrei todo meu interesse em você, em saber sobre quem era, em perseguir seus passos, em entender o que você escondia. Eu me dediquei a cuidar do corpo de Dira porque era precioso *pra você*. Enquanto eu te incomodava e investigava, eu não fiz nada contra a colônia.

Eu pisco, minha respiração rasa.– E eu devo agradecer por isso? Certo. Obrigada.

Teo avança para cima de mim, novamente eliminando qualquer distância entre nós dois.

– Não faça essa pose, Liu! Não há nada de santa na sua atitude. Se eu tivesse te convidado há pouco mais de um mês para colocar uma bomba nesta estação, você toparia na hora. E nem me perguntaria o motivo!

Acabo concordando, é um movimento quase involuntário. Porém, não posso voltar atrás.

– Está certo. Mas eu não fiz nada nesse sentido, fiz?

– Eu também não.

– É, mas o seu orig...

Paro no meio da palavra. Estou cometendo os mesmos erros que eu temia que cometessem comigo. Percebo o quão difícil é dissociar as coisas. O quão difícil é "reinicializar" quando você é uma pessoa. Como tudo é tão...

– Complicado, não é? – a voz de Teo volta a ficar suave. Eu balanço a cabeça e ele coloca as duas mãos na minha cintura, ficando insuportavelmente perto. – Eu não sou ele, Liu.

Fixo os meus olhos nos dele. Será que Teo ao menos intui o quanto quero acreditar em cada uma das coisas que ele me diz? No entanto, algo me prende e espinha.

– E quem é você, Teo?

Nos quedamos num silêncio longo, cheio de espaços preenchidos e buracos vazios, infinitos, humanos, doloridos. Fiz-me essa pergunta durante um ano. Agora, percebo que ela não é só minha. Talvez fosse a Terra e seus milênios de certezas fabricadas que nos fizeram acreditar tão fortemente que saberíamos responder essa pergunta. Mas é uma tolice, não é? Etnia, genética, memória, somos o somatório de tudo isso e... também não somos. E é possível somar as mesmas coisas, mas se você mudar onde ou quando ou o como, tudo pode vir a ser diferente.

As mãos de Teo permanecem na minha cintura e nossas testas se aproximam, até encostar uma na outra. Uma capitulação. Estamos fracos e somos fortes, perdidos e necessitados um do outro e de todo laço que pudermos estabelecer. O fato é que Teo e eu estamos no mesmo lugar e não estou falando do espaço-tempo. Falo do instante da existência e, nisso, ambos estamos começando. Cheios de coisas que não sabemos, cheios de desconfianças, de desejo e de medo. É o ponto de partida de qualquer ser humano, não é? Na Terra ou em Próxima B. A humanidade vai conosco para onde quer que viajemos. Não podemos fugir dela. No entanto, o que a gente não precisa levar para outros lugares do universo são as certezas terráqueas que não nos servem mais. Quero dizer tudo isso a ele, porém IRIS12 se faz visível com um alarme nada sutil.

Nosso tempo acabou.

Epílogo

Precisamos partir sem muitas conversas ou discussões. Faremos isso quando chegarmos às cavernas. Além de Qebui e Teo pode haver algum outro conspirador, mas não houve tempo para testes. Qebui se tornou uma ostra, o que não chega a ser ruim, pois ficou finalmente quieto. Teo não saiu do meu lado e não pediu para que nenhum de seus *status* lhe fossem retornados.

A viagem nos Rovers de transporte, por terrenos íngremes e sem estradas, levaria nove horas e decidi usar isso para me entender com os outros clones. Já que eu era o líder, instei-os a falar comigo, a dividir suas angústias e aceitarem as minhas. Se todas e todos compreenderam as minhas singularidades? Ou mesmo a relação nada canônica que parecia cada vez mais óbvia entre Teo e eu? Não. Mas demos alguns passos enquanto eu me esforçava para compreender as deles. Pela primeira vez em um ano, todas as pessoas aqui se sentiam bem o suficiente para serem bastante honestas. Não totalmente, claro, mas o suficiente.

Teríamos de viver em cavernas por um tempo, o que parecia conter uma boa dose de ironia histórica. Mas também teríamos de reprojetar o futuro a partir de lá. Teríamos de fazer nascer novas gerações que, se pudéssemos, teriam mentes mais saudáveis do que as nossas. Teríamos de pensar em novas regras e leis e acordos.

Um dia, talvez, teríamos até mesmo de dizer à Terra: viemos de vocês, mas somos outra coisa.

Agradecimentos

Ponto final nunca é ponto final. Em geral, é quando a coisa toda começa de verdade. Porém, não tem como esquecer de quem ajudou a colocar o ponto final (que também é inicial), então, essa é a hora de agradecer. Primeiro, aos heroicos editores Erick e Raphael que, com o convite para participar dessa coleção não só me honraram muito, como me fizeram dar vida a uma história que me acompanhava há um bom tempo. Também não posso deixar de agradecer a paciência dos dois e o incentivo, pois sou uma escritora lenta e fibromiálgica e isso sempre precisa de prazos estendidos. Depois, às minhas betas luminosas que me acompanham desde a época das fanfics: Lívia, Lis, Lica, Marjarie, Douglas, Cláudio, capazes de me dar luzes e direção ao longo da jornada. Ao Guto, meu *personal* tudo, que com a leitura de uma única frase consegue entender e direcionar minhas personagens na linha certa. E, claro, ao povo do *backstage* que me municia de abraços e carinho para pensar e superar as crises: meu filhote humano Miguel e as felinas Felícia e Hermione.

Os editores gostariam de agradecer a todos que abaixo listados formam o corpo virtual que sustentou a existência da coleção Dragão Mecânico. Com sensação de missão cumprida, um respeitoso e sincero muito obrigado.

Adriano Ladeira Vannucchi
Alan José Guedes
Alessandro Louredo
Alessandro Rocha Louredo
Alex Ricardo Parolin
Alexandre Adame
Alexandre Galhardi
Alexey Dodsworth
Alisson Cavalcante
Alysson Fábio Ferrari
Amanda Villa Correia
Amauri Silva Lima Filho
Ana Lúcia Merege Correia
Anderson C. Santos
André Colabelli Manaia
André Luiz Dias de Carvalho
Angela Cristina Martoszat
Antonio Marcos Pinto Fragoso
Ariadne Erica Mendes Moreira
Augusto Bello Zorzi
Beatriz da Silva Fraga Nunes
Beatriz Leonor de Mello
Bruce Bezerra Torres
Brunno Elias Ferreira
Bruno Henrique Oliveira Lima
Bruno Pinheiro Ivan
Bruno Sergio Procopio Junior
Caio Favero
Carolina Dantas Nogueira
Carolina Mancini
Catarina S. Wilhelms
Celso Ricardo Freitas Cavalcanti
Cesar Lopes Aguiar
Cesar Ricardo Tomaz da Silva
Cleide Almeida
Clever D'Freitas
Cristiano Firmo do Canto Orlando
Daiane Rossi
Daniel Fusco Borba
Daniel Seda
Davenir Viganon
Delio Freire Rocha
Derley Menezes Alves
Diego José Ribeiro
Diogo Gomes
Diogo Vasconcelos Barros Cronemberger

Douglas Drumond
Douglas Lemos Milani
Eduardo da Silva Cardoso
Eduardo Francisco Torres Ferreira
Eduardo Maciel Ribeiro
Eduardo Robinski
Eric David Gondim Figueiredo Hart
Erik de Souza Scheffer
Fábio Fernandes
Fabio Gardenal Inacio
Fabio King
Fabio Rodrigues Takahashi dos Santos
Fabíola Pardini
Flávio Cesar de Medeiros Junior
Gabriel Farias Lima
Gabriel Guedes Souto
Gerson Lodi Ribeiro
Guilherme Conceição Concas
Guilherme Henrique dos Santos
Heclair Rodrigues Pimentel Filho
Helder da Rocha
Honório Gomes
Ismael Garcia Chaves
Jacques Exelrud
Janito Vaqueiro Ferreira Filho
João Eduardo Herzog
João Nilo de Souza Nobre
João Vitor Zenaro
José Carlos da Silva
Jose Joaquim Porto de Paula
Jose Paulo Da Rocha Brito
José Ricardo da Silva
Kaio Henrique Pereira Santos
Kelly Duarte
Klinger Neves Maciel
Letícia do Nascimento Gomes
Letícia Soares de Albuquerque Pereira
Lica Martins
Lívia de Sousa Munhoz Cavalheiro
lu lima
Luana Muzy
Lucas Rocha
Lucas Silva Souza
Lucca Kauffmann Morandini
Luciana Liscano Rech
Luciana Schuck
Luciano Vairoletti
Luis Alberto de Seixas Buttes
Luiz Aristeu dos Santos Filho
Luiz Fernando Plastino Andrade
Luiz William dos Santos
Marcelo Augusto Galvao
Marcelo Monteiro de Aquino Bertazzo
Marco Antonio da Costa
Marco Antonio de Toledo
Marcos Nogas
Marcos R Piaceski da Cruz
Maria Beatriz Baggio Zanetti Nucci de Oliveira
Maria Inês Farias Borne
Mário Henrique Perin Bernardo
Marjarie Marrie Francisco
Mateus Braga
Melissa Barth
Mohanad Odeh
Nicholas Baracy
Nicolás Alberto Irurzun
Nikelen Witter
Oracir A P Prado
Patrícia Ferreira Magalhães Alves
Paulo Estêvão da Silva Jales
Paulo Vinicius F. dos Santos
Pedro Antonio Lins de Freitas Oliveira
Pedro Borges Fortes
Pedro Vieira
Rafael Leite Mora
Rafaela Barcelos dos Santos
Ricardo dos Santos França
Ricardo Souza
Roberto C. Belli
Robinson Samulak Alves
Ronaldo Henrique Acácio Souza
Stéphanie Andrade Silva
Tayuan Höfle Schmitt
Thiago A L
Thiago Baptista
Thiago Carvalho Bayerlein
Thiago Tonoli Boldo
Vandrei Rodrigues
Victor Peixoto Pereira
Vinícius Dias Villar
Vinicius Sousa

Primeira Temporada – 2022/2023

PECADOS TERRESTRES, Gerson Lodi-Ribeiro

Livro 1 – agosto/2022

PARADOXO DE THESÉUS, Alexey Dodsworth

Livro 2 – agosto/2022

SOLITUDE, Erick Santos Cardoso

Livro 3 – janeiro/2023

RIO 60 GRAUS, Fábio Fernandes

Livro 4 – janeiro/2023

UM MILHÃO DE MIM, Cirilo S. Lemos

Livro 5 – junho/2023

SILÊNCIOS INFINITOS, Nikelen Witter

Livro 6 – junho/2023

ESTE LIVRO FOI IMPRESSO EM PAPEL PÓLEN NA RENOVAGRAF,
NA ESPERANÇA DE UMA NOVA ÉPOCA, EM ABRIL DE 2023.